텃새,
행복으로 날다

한국현대수필 100년 사파이어문고 ⑧

김경환 수필집

텃새, 행복으로 날다

인쇄 | 2023년 4월 25일
발행 | 2023년 4월 30일

글쓴이 | 김경환
펴낸이 | 장호병
펴낸곳 | 북랜드

　　　06252 서울 강남구 강남대로 320, 황화빌딩 1108호
　　　41965 대구 중구 명륜로12길 64(남산동
　　　대표전화 (02)732-4574, (053)252-9114
　　　팩시밀리 (02)734-4574, (053)252-9334
　　　등록일 | 1999년 11월 11일
　　　등록번호 | 제13-615호
　　　홈페이지 | www.bookland.co.kr
　　　이-메일 | bookland@hanmail.net

책임편집 | 김인옥
교　　　열 | 전은경 배성숙 서정랑

ISBN 979-11-92613-49-9 03810
ISBN 979-11-92613-50-5 05810 (E-book)

값 12,000원

한국현대수필 100년
사파이어문고 ⑧

텃새, 행복으로 날다

김경환 수필집

책을 내면서

지나오면서 간직하고 싶은 글을 모아 보았습니다.

가슴 치며 답답한 마음으로 쓴 글도 있습니다. 울면서 쓴 글도 있습니다. 힘들게 살아가는 이들에게 꼭 들려주고 싶은 이야기도 적어 보았습니다. 초보운전자처럼 서툴고 다듬어지지 않은 글도 있습니다.

『텃새, 행복으로 날다』응어리 맺혔던 일들을 기록해 봅니다.

글은 아름답고 밝은 것만 쓰는 것이 아니라, 어둡고 무겁고 냄새나는 곳도 비춰야 하는 것입니다. 그래야만 우리가 사는 세상이 밝아지고 맑아질 수 있다고 생각합니다.

길을 걷다가 길 가운데 큰 돌이 있다면, 지나가는 모든 사람들이 불편함을 느낍니다. 그렇지만 누군가가 시간을 내어 그 돌을 치운다면 그 사람은 힘들지 모르지만 많은 사람들은 그 사람 때문에 편안하게 살 수 있을 것입니다. 길가의 돌을 치우는 마음으로 살겠습니다.

중학교 때 글을 지도해 주신 낙동강문학관 박찬선 관장님께도 감사를 드립니다. 지금까지 살아오면서 여러 사람들로부터 많은 도움을 받았습니다. 이 자리를 빌어 감사의 인사를 전합니다. 일일이 열거할 수는 없지만 알게 모르게 관심을 기울여주신 분들께 감사를 드립니다.

지금도 저를 물가에 내놓은 아이처럼 노심초사하는 가족에게도 고마움을 전하고 싶습니다. 또 이 자리에 오기까지 지도해주신 장호병 교수님과 문우님들께도 감사를 드립니다. 항상 감사하는 마음으로 살겠습니다.

2023년 4월

김경환

아라한 작가의 첫 테이프 끊으시길

장 호 병
(사)한국수필가협회 명예이사장

김경환 사백의 수필집 『텃새, 행복으로 날다』 상재를 마음 모아 축하드립니다.

예전에 비해 출판환경이 좋아진 것은 분명하나 한 권의 책을 내기는 여간 어려운 일이 아닙니다. 누군가 써놓은 것을 옮겨 적는다 하더라도 적잖은 시간이 걸립니다. 더구나 글은 나를 드러내는 일입니다. 돌이켜보면 남에게 말하기가 저어되는 일도 있고, 또 자칫하면 자랑으로 비칠 수도 있습니다.

작가는 대학에서 국어국문학을 전공하고 중고등학교 교육현장에서 36년 동안 봉직하였습니다. 평생 국어 교사로서의 교육 활동과 문학작품 생산은 이론과 실제 사이의 간극만큼이나 괴리가 적지 않았음에도 등단이라는 관문을 거뜬히 통과하였습니다.

저자는 처음 고등학교 담임을 맡은 날 학생 하나하나를 불러내 발을 씻겨주기도 했습니다. 신의성실로 학교생활에서 모범을 보여주었습니다. 오늘날은 상상할 수조차 없는 일이지만 기대치에 못 미치는 학생들에게는 회초리를 들었습니다. 체벌에서 사랑의 온도가 전해졌기에 매년 스승의 날이면 그 학생들이 36년간이나 찾아옵니다.

가진 것 하나 없이 맨땅에 헤딩하는 생활철학으로 자수성가한 작가는 이제 부인과 함께 요양원을 건립 운영하면서 봉사활동을 이어오고 있습니다. 교직기간 중 생명의 전화 3,000시간 봉사 활동과 청소년 상담 등에서 얻은 사명감과 자신감에서 시작한 일이라 생각합니다.

이웃 일본에는 아라한이라는 말이 있습니다. Around Hundred를 일본식 발음으로 쉽게 줄여서 부르는 말입니다. 최근 10여 년 동안 일본 서점가에서의 박스권 베스트셀러를 살펴보았습니다. 100만부 전후가 팔리는 작가들 연령이 또한 100세 전후라는 데서 온 말입니다.

이 아라한 작가들의 인기가 일본에서 가장 영향력 있는 작가 무라카미 하루키를 제치고 있습니다. 일생을 살아오면서 깨달은 바를 책으로 엮어 후세에 남기고, 또 후세들은 선인들의 이런 업적과 삶에서 지혜를 터득하여 새로운 문화를 만들어가는 바람이 일고 있습니다.

한국에서도 어른들의 자전적 수필이 인기를 누릴 날이 머잖을 것입니다.

일흔을 무렵하여 선생께서는 수필가로 당당히 문단에 데뷔하여 문학인으로서 인생 2막을 펼치는 모습은 많은 사람들에게 귀감이 됩니다. 수필의 바탕은 일상의 체험이지만, 남다른 시각으로 삶을 해석하는 인생철학을 피력하기가 결코 쉬운 일이 아닙니다. 그래서 많은 사람들이 수필의 문을 두드리지만 살아남는 수필가는 드뭅니다. 대상에 대한 깨달음과 작가의 행함이 일치하는 물아일체의 경지를 바라본다면 더더구나 어려운 일이 아닐 수 없습니다.

김경환 사백은 100세 시대에서 이제 칠부 능선의 정거장을 출발합니다. 이제까지 해오시던 대로 건강관리 열심히 하시고, 또 다른 한편으로는 교직과 요양원 사업에서의 경륜과 지혜가 후세를 위하여 유익하게 이용될 수 있도록 저술 활동도 꾸준히 하시기 바랍니다.

일마다 보람과 기쁨 크게 거두시길 기원합니다.

2023년 4월

| 차례 |

1 신의성실의 원칙

2 긴병에 효자 없다지만

3 긁지 않은 복권

4 나이테

1
신의성실의 원칙

36년 동안 찾아온 제자들

    나는 36년 동안 한 학교에서 학생들을 가르친 교사였다. 학교를 졸업하고 처음 부임하였을 때는 학생들에게 아주 무서운 교사였다. 나는 원칙이 아니면 대충 넘어가지 않는 교사였다. 그런 나를 융통성이 좀 부족한 교사라고 말하는 사람도 있었다. 그렇지만, 학생들에게 원칙과 정의를 가르치고 싶었다.

    처음 고등학교 2학년 담임을 맡은 그날 학생 한 사람 한 사람을 불러 그들의 발을 씻겨 주었다. 신체 부분 중에서 가장 더럽다 여겨지는 발을 씻겨 주는 것은 '너희들도 앞으로 부모님과 아내의 발까지 씻겨 주며 겸손하게 살라'는 뜻이라고 말해주었다. 요사이는 학생들에게 어떤 경우라도 체벌하는 것은 큰일 날 일이지만, 1970년대에는 교육적인 체벌은 문제 삼지 않았다. 그래서 학생들이 잘못하면 처음에는 말로 타이르고, 또 말을 듣지 않으면 벌 청소를 시키고, 그래도 안 될 때는 청소 밀대가 부러지도록 엉덩이를 때렸다.

수업 첫 시간에 학생들에게 이런 이야기를 했다.

"나는 초등학교 1학년 때부터 고등학교 3학년 때까지 단 한 번의 지각이나 결석도 없었다. 게다가 가정 형편이 어려워 학생들을 가르치는 아르바이트로 학비를 벌어 대학을 졸업했다. 그러니 아주 부족한 나도 그렇게 할 수 있었는데 지금의 여러분들은 나보다도 환경이 더 좋으니 충분히 잘할 수 있으리라 생각한다."

나는 또 학생들에게 한 단원을 공부하기 전에 미리 집에서 예습해오도록 했다. 그리고 수업 시작 3분 동안 예습한 것에 대한 쪽지 시험을 쳐서 그것을 본 성적에 반영했다. 또 중간고사를 치기 전에 한 과목 한 과목마다 자기가 취득할 수 있는 예상 점수를 적어내고 학급 서기가 통계를 내어 학급 게시판에 붙이게 했다. 시험을 치르고 나서 자기 목표 점수에 많이 미달하는 열 사람은 다음 시험을 칠 때까지 교실 청소를 했고, 그다음 미달자 5명은 특별구역 청소를 하게 했다. 그렇게 하니 우리 반 학생들의 성적이 많이 향상되었고 전교에서 1등반을 계속 유지할 수가 있었다.

우리 반 학생들을 한 사람 한 사람 불러 개별상담을 하고 힘과 용기를 심어 주었다. 반 학생 중에는 담배를 피우는 학생도 여러 명 있었다. 담임 교사인 내가 담배를 피우지 않기 때문에 담배를 피우는 학생들을 쉽게 찾아낼 수가 있었다. 담배 냄새가 나는 학생의 어깨를 툭 치며 "너 담배 피우지?"가 아니고 "너 담배 끊어."라고 하면 깜짝 놀라 작은 목소리로 "예." 하고 대답하였다.

하지만 담배란 것은 하루이틀에 끊기가 힘든 모양이었다. 담배를 피우고 나서 양치질을 하고 껌을 씹어 냄새를 제거하는 학생들도 여러 명 보였다.

그 당시에는 스승의 날이 되면 학생들 거의가 담임 선생님께 선물을 준비해 오는 시대였다. 꽃이며 책이며 스킨, 로션 등 여러 가지 선물을 준비해 왔다. 현금 봉투나 백화점 상품권을 준비해온 학생도 있었다. 그중 현금 봉투나 백화점 상품권을 가져온 3명의 학생에게는 부모님께 편지를 보냈다. "○○학부형님 이렇게 귀한 선물을 보내 주셔서 감사합니다. 더 열심히 학생들을 가르치겠습니다. 그런데 교직 생활을 하는 동안에는 이런 선물을 받지 않는 것이 저의 신념이오니 저의 신념도 존중해 주십시오." 그리고 봉투를 등기로 돌려보냈다. 그러다가 학교의 어머니회 회장을 맡은 한 부형이 교장 선생님을 찾아가 항의를 했다는 이야기도 전해 들었다. 남의 성의를 무시하는 교사라고.

내가 학생들에게 너무 엄격하게 대하다 보니 학생들이 졸업하고 나면, 보기 싫은 교사로 남을 것으로 생각했다. 그런데 이들이 졸업하고 나서 첫 반창회 때 나를 초청했다. 우리 반만이 아니고 내가 가르친 전체 반 모임에서도 나를 초청했다. 나를 '발 씻겨 주는 선생님'이라 불렀다. 그중 10명의 제자들은 한 해도 쉬지 않고, 36년째 나를 초청해 여러 가지 선물과 융숭한 대접을 하였다. 이런 사연은 25년째 되던 해에 MBC 9시 뉴스로 2번이나 소개 방영되었다. 이들은 의사나 변호사, 세무사 등 다양한 직업을 가졌다.

나는 졸업생들에게 물었다.

"졸업 후 자네들과 이렇게 만난 지가 36년이나 되었고 유효기간도 많이 지났는데 우리를 만나 융숭한 대접을 하는 것보다는 자네들의 자녀들 스승들을 만나 대접하는 것이 더 현실적이지 않느냐?"

"저희들은 5월이 되면 스승님들을 만나는 것이 생활의 일부가 되었고, 어쩌다 사정이 있어 참석을 못 했을 때는 너무나 허전하고 죄를 지은 것처럼 느껴집니다. 주는 자가 받는 자보다 복이 있다는 말처럼 저희들은 은사님들을 만날 때 많은 기쁨을 느낍니다."

우리가 살아가면서 자신을 가르친 스승을 한 번이나 두 번은 대접할 수 있다. 그러나 36년을 한 해도 쉬지 않고 융숭하게 대접하고 선물을 주는 것은, 이들을 가르친 스승을 현신불로 보는 것이거나 아니면, 36년을 대접한 그 제자들을 현신불로 봐야 될 것이 아닌가 싶다.

E 교감 선생님

대학을 졸업하고 처음 고등학교에 부임했을 때다. 모든 것을 열정적으로 처리하던 때의 이야기다. 모든 것이 새롭고 신기하기만 했다. 지방 중소도시의 한 사립 고등학교에서 만난 한 교감 선생님에 관한 이야기이다.

교감 선생님은 항상 1등으로 오셨다. 이분은 아침 일찍 일어나 학교에 와서 출근카드를 출근함에 넣고 테니스를 치고 다시 집에 가서 식사를 하고 오셨다. 직원 50명이 있다면 50장의 출근카드를 만든다. 출근카드 속에는 한 달 날짜가 적혀 있다. 출근하면 사인을 해서 잠긴 출근카드 함에 넣는다. 직원들이 다 출근하면 넣은 순서대로 등수를 매겨 출근카드에 그 등수를 적는다. 교감 선생님은 아침 조회 때마다 40등부터 50등까지 출근 등수를 발표했다.

그래서 직원들은 서로 일찍 오려고 경쟁해야 했다.

당시에는 교사들의 이직률이 아주 높은 시기였다. 50명 직원이 있다면 1년에 15명쯤이 바뀌는 정도였다. 학교를 떠나는 선생님들을 만나 그 이직 사유를 은밀하게 물었다. 물론 본인의 교직에 대한 사명감도 문제가 되었지만, 이 교감 선생님의 방법이 합당하지 못한 탓도 있었다.

만약 교감 선생님에게 조금이라도 눈에 거슬리는 교사가 있다면 그가 맡은 담임 반에 가서 학생들에게 이런 이야기를 했다. "얘들아 ○○ 선생님 참 좋지? 그리고 수업도 잘하시지? 나도 ○○ 선생님이 수업 잘하는 것을 알고 있다. 그래도 너희들이 부탁하고 싶은 이야기가 있다면 적어 다오." 하면서 봉투를 나누어 주었다.

이 봉투를 10개쯤 들고 아무도 없는 빈 교실로 가서 이 담임 선생님을 불러내 "선생님 큰일 났습니다. 이게 뭡니까? 학생들이 선생님이 잘못한다고 항의 편지를 이렇게 보냈습니다." 하며 학생들이 쓴 봉투의 겉만 보여 주었다.

"선생님 이렇게 해서는 교직 생활하기 힘듭니다."라고 말해서 고개만 푹 숙이고 교직을 떠난 사람들이 여러 명 된다는 사실을 상담을 통해 알게 되었다.

처세술이 뛰어난 E 교감 선생님!

여러 교직원 앞에서는 호랑이 같지만, 학교장이 출근하는 10시쯤이면 현관 입구에 부동자세로 서 있다가 학교장이 현관에 차를 세우면, 만면에 미소를 지으면서 90도로 절하고 교장 선생님의 차 문을 열어주던 교감 선생님. 그 당시는 잘한다고 그렇게 하셨지만 지금 한번 생각해 보십시오. 당신은 많은 교사들의 눈물을 자아내게 하는 인물이었습니다.

교사들을 힘들게 함은 물론이고, 심지어는 수업을 잘하는 영어, 수학 교사를 당신의 집으로 불러 자녀들의 과외까지 시키지 않으셨습니까? 그 교사들이 당신의 자녀들을 가르치고 싶었겠습니까?

공과 사를 구분해 주십시오. 자기 자신은 잘한다고 하셨겠지만 지금 인생을 펼쳐놓고 돌아 보십시오. 하지 않았으면 더 좋았을 일이 많았을 것입니다.

P 교사는 한 마리 텃새

텃새는 계절에 따라 이동하지 않고 한 곳에 1년 내내 머무는 새를 말한다.

P 교사는 지방의 중소 도시의 사립 고등학교 교사였다. 신념이 강하고 품성이 온화한, 절대로 불의와 타협하지 않은 대쪽 같은 교사였다. 학생들에게는 인기가 있고 수업을 잘하는 교사로 알려져 있었다. 간혹 어떤 사람들은 P 교사를 처세술이 좀 부족한 교사라고 말하기도 했다. 퇴근 후 직원들이 함께 모여 고스톱을 칠 때도, 그런 곳엔 참석하지도 않고, 술이나 담배도 전혀 못 하는 사람이었다. 게다가 아내를 시켜 사업을 하여 많은 돈을 모았으니 질투의 대상이 되기도 했다.

지금부터 30년 전의 일이다. 고교 평준화제도 때가 아니고, 시험을 쳐서 입학하던 시절이었다. P 교사가 근무하는 학교는 중간 그룹의 성적을 가진 학생들이 지원하는 학교였다. 병원을 운영하는 의사 아버지의 아들이 운영하는 학교였다. 아버지로부터 돈을 한 보따리 받아 세운 학교였는데, 30대에 교장이 되었으니 그는 천상천하 유아독존天上天下 唯我獨尊이었다. 자기 말이 법이고, 아무도 그를 이기는 사람이 없었다. 처세술에도 능통하며 지방의 유지로 널리 활동하는 분이셨다.

　그래서 그런지 F 교장은 평교사의 어려움이나 고충을 잘 모르는 사람이었다. 대학을 졸업하고 다른 재단에서 몇 년간 평교사를 하다가 아버지가 학교를 세워 주어 바로 교장이 되었다. P 교사가 근무하는 학교에는 교원 노조도 없었다. F 교장의 집요한 회유 때문에 있으려야 있을 수도 없었다.

　그분은 인사 방법도 특이했다. 능력보다는 자기에게 충성 잘하는 인물을 뽑았다. 자신은 출근 시간도 일정하지 않았다. 조회에 참석하는 날이면 정시에 출근하지만, 그 외에는 10시가 넘어서야 출근했다. 그때마다 교감 선생님이 항상 현관 입구에 대기하고 섰다가 차가 도착하면 만면에 미소를 지으며 90도로 절하고 차문을 열어 줬다. 다른 직원들은 주차장에 차를 주차하지만, 그분은 현관에다 차를 주차했다. 학생들이 깨끗하게 걸레질하여 광이

나는 그곳에.

P 교사에게도 걱정거리가 하나 생겼다. 중학교 3학년인 아들이 이제 고등학교에 입학해야 하는데, 아빠가 근무하는 학교에 가지 않고, 성적이 한 단계 더 높은 이웃 학교에 진학한다는 것이었다. 몇 번을 설득해도 막무가내였다. 아들도 고집이 아주 센 놈이었다. 자식을 이기는 부모가 없다더니만 이런 때를 두고 하는 이야기 같다. 아들이 다른 학교로 진학하자 학교에서는 P 교사에게 사직을 강요하였다. "아들도 마음대로 못 하는 교사가 우리 학교에 있나, 이번 학기만 마치고 사직하시오." 몇 번이나 용서를 구하고 사정해도 수용되지 않았다.

학기가 바뀌자 입학식 날 직원 소개 시에도 P 교사를 빼 버리고, P 교사의 책상도 치워 버렸다. 그리고 수업도 배정하지 않았다. 지난 학기에 아들이 다른 학교로 원서를 내고부터 재단에서는 P 교사에게 집요하게 사직을 강요했다. 심지어 수업하고 있는 교사에게 다른 간부 교사를 시켜 "난 당신과 함께 근무할 수 없으니 그만 사직하시오." 하지를 않나, 간부 수대로 수업 중에 P 교사를 불러내 사직을 강요했다. 그럴 때마다 P 교사는 한결같이 "잘 들었습니다. 걱정해 주셔서 감사합니다."라고만 대답하는 것이었다.

수업권이 박탈되고, 교무실엔 자리가 없고, 매캐한 직원 휴게실에서 온종일을 쭈그리고 앉아 있었다. 날개 부러지고 상처 입은 새 한 마리가 둥지를 잃은 것처럼. 교사의 수업권을 빼앗고, 담배를 못 피우는 사람을 매캐한 휴게실에 온종일 앉아 있으라는 것은 고문과도 같다.

10여 일이 지나도 아무 변화가 없자, P 교사는 구구절절 내막을 적어 관할 교육청에 진정을 냈다. 그런데 교육청에서는 몇 가지 조사만 할 뿐 아무런 변화가 없었다. 다시 도교육청에 진정을 내도 마찬가지였다. 도교육청까지는 F 교장이 방어를 할 수 있는 것 같았다.

그래도 P 교사는 좌절하지 않고 마을에 있는 성당을 찾아갔다. 가톨릭 신자는 아니지만, 서울에 있는 신부님을 통해 교육부를 움직여 보자는 마음에서였다. 진정서를 접한 교육부 담당자는 "아직도 우리나라에 이런 학교가 있어요?" 하고 놀랐다. 도교육청에 감사반이 파견되고 F 교장은 손을 들고, 모든 것이 원상 복구되었다. 정년퇴직을 꿈꾸던 P 교사는 안도의 한숨을 내쉬었다. 학교에서는 괘씸죄로 P 교사를 내쫓기를 원하지만, P 교사 입장에서 보면 마치 제비 새끼 몇 마리가 먹을 것을 물어다 주는 어미를 기다리듯이, 3남매와 아내가 아버지와 남편을 한없이 기다리고 있었다. 교무실에서는 60여 명의 교사들이 P 교사와 F 교장과의 싸움에서, 누구에게도 지지 않던 F 교장이 패배했다고 자기들끼리 모여서 수군거렸다.

　P 교사여!

　당신은 참으로 올곧은 사람이었소. 다른 교사들은 F 교장에게 무조건 "예, 예." 하며 순종하며 살았는데, 당신은 아닌 것은 아니라고 이야기했기 때문에 그런 수모를 당하지 않았소? 여러 가지 면에서 당신은 참 교사였소. 그런 마음가짐으로 교직 생활을 했기 때문에 학생들에게도 존경과 사랑을 받을 수 있었소. 나도 당신을 존경하오.

　그리고 F 교장 선생님이여!

　당신은 학교를 몇 개 세우고 40년간 교육에 이바지했고, 지역 유지로서 여러 가지 봉사 활동에 앞장섰다고 자랑하지만, P 교사 건은 아니잖소?

　아무리 당신이 교장이고, 자신이 운영하는 학교라고 하지만, 교직원 자녀들이 자기 개성을 무시하고 성적이 우수하면 무조건 당신이 운영하는 학교에 입학해야 하고, 그렇지 않다고 아버지인 그 교사를 내쫓다니, 교육자가 할 수 있는 일인가요?

　잘못이 있으면 징계하든지, 아니면 합법적인 절차를 밟아서 처벌해야지. 아들을 당신 학교에 보내지 않았다는 괘씸죄로, 그 교사를 내쫓기 위해 책상을 치우고 수업권을 박탈하는 것은 길거리

불량배들이 하는 짓이지, 교육자가 할 수 있는 일인가요?

수업해야 할 교사를 매캐한 흡연실에 감금시켜 놓고, 그 교사가 사직하기만 강요하는 것에 대해, 당신이 입장을 바꾸어 놓고 생각해 보십시오.

30년이 지나 공소 시효가 끝났지만, 그래도 깊이 반성하고 영면永眠하십시오.

* 천상천하 유아독존天上天下 唯我獨尊 : 우주 가운데 자기보다 더 귀한 존재는 없다.
* 공소시효公訴時效 : 범죄를 저지른 후 일정 기간이 지나면 검사의 공소권이 없어져 그 범죄를 처벌할 수 없는 제도

그날의 당직 근무

　찬바람이 스산하게 불고 아직 4월이라 날씨가 쌀쌀했다. 비가 내린 뒤라 바람이 차디차기만 했다. 교사는 학기 초에 업무량이 많다. 학급 명부 정리, 환경 정리, 상담 활동, 청소 지도 등으로 눈코 뜰 새 없이 바쁘다. 당직 교사는 학교의 구석구석을 돌아봐야 하고 확인하고 점검해야 한다.

　공무원 당직 규정에 의하면 "숙직 근무자에 대하여는 그 숙직 종료시각이 속하는 날은 휴무일로 하여 휴식을 취하게 된다. 다만 소속기관의 장은 업무의 형편상 그 휴식 시간의 일부를 제한할 수 있다."라고 하지만, 학교에서는 수업 때문에 꼭 그렇게 할 수 없다. 대개 밤 11시까지 업무를 수행하고 그 이튿날도 평일과 똑같이 일해야 한다.

밤 11시가 되면 학교의 일하시는 분과 업무를 교대하고 숙직 교사는 숙직실에 들어가 잠을 자게 된다. 그날은 참으로 피곤했다. 숙직실에 피워 놓은 연탄불이 활활 타고 있었다. 나는 곤하게 죽은 듯이 잠을 잤다. 학기 초라 무척 피곤했다.

깨어보니 3일이 지난 날 저녁이었고 종합병원 응급실이었다. 코에 줄을 끼고 있는 나의 옆에는 초조한 모습의 아내와 학교 재단 관계자가 앉아있었다.

"물 좀 주세요."

숙직 교사가 아침에 가장 먼저 해야 할 일은 태극기 달기였다. 체육 교사가 학교에 와 보니 해가 중천에 떴는데도 아직 태극기가 달리지 않았다. 체육 교사는 숙직실로 달려가 "김 선생님 아직 주무십니까?" 하고 문을 두드려도 아무 대답이 없었다. 한 번 더 두드려도 아무 반응이 없자 체육 교사는 잠겨진 문을 강제로 열었다. 사람이 거의 죽어 있었다. 가슴을 만져보니 다행히 심장은 뛰고 있었다. 119를 불렀다. 건강한 체육 교사가 나를 업고 나와 119차에 태워 종합병원 응급실로 갔다. 모두가 당황했다. 학교에서 교사가 숙직하다가 연탄가스에 중독되어 죽었다면 참으로 부끄러운 일이다. 그때부터 교감 선생님이 내 옆에 계속 앉아 있었다.

3일이 되어도 깨어나지 않았다. 학교에서도 당황하여 사후死後 문제를 논의하게 되었다. 학교 분위기는 쥐 죽은 듯이 조용했고 모두 환자가 깨어나기만 기다렸다. 병원의 담당 의사는 보호자를 불러 "이 환자는 우리가 최선을 다하고 있지만 3일이 되어도 깨어나지 않으니 서울에 아는 큰 병원이 있다면 보내드리겠습니다."라고 말했다. 이제는 기도하며 하나님께 매달리는 방법밖에 없었다.

그런데 얼마 뒤에 내가 부스스 눈을 뜨며 물을 달라고 했다. 그후에 오른쪽 팔에 마비가 왔다. 다행히 끊임없는 물리치료 덕분에 거의 정상적으로 회복되었다. 1982년 4월 21일은 내가 다시 태어난 날이었고 잊을 수 없는 날이 되었다.

고마운 나의 자동차

"사장님! 차가 왜 이렇습니까? 자동차 나이가 너무 많네요. 차를 좀 바꾸시지요."

잘 아는 거래처 사장이 웃으면서 한 말이다. 20여 년이 된 K그룹의 국산차다. 20여 년을 운행하면서 한 번도 사고나 큰 고장이 난 적이 없다. 차체도 튼튼하고 아주 잘 만들어진 차다. 자주 점검하면서 부품도 교환하고 수리한 적은 있지만 말이다.

이 차는 참으로 어이없는 추억이 깃든 자동차다. 20여 년 전 고등학교 교사로 근무할 때다. 타던 차가 오래되어 시동도 꺼지고 고장이 잦아 차를 바꿀 계획을 하고 있었다. 그때 엘리베이터에서 만난 이웃집 사장님이 고속도로에서 교통사고가 났는데, 차는 거의 폐차 수준이 되었는데도 사람은 하나도 다치지 않았다는 이야기를 했다.

아내는 찻값이 좀 비싸더라도 우리도 그와 같은 차를 사자고 했다. 그 당시에는 국산 차 중에서 좀 좋은 중형차였다. 차체가 튼튼한 차는 같은 사고가 나더라도 작은 차에 비해 다칠 확률이 좀 적다고 했다. 그래서 그와 같은 기종의 차를 구매 신청해서 보름 후에 인도받았다.

설레는 마음으로 차를 운전하여 학교에 출근했다. 차를 주차장에 세우고 교무실로 올라가고 있는데, 이를 바라본 교감 선생님이 나를 불렀다.

"김 부장! 왜 그런 차를 샀어요?"

마치 차를 사는 것까지도 직장 상사인 자기에게 어떤 차를 살 것인가를 허락받아야 한다는 듯이 이야기했다. 사실 교감 선생님은 아주 작은 소형차를 운전하는데, 일반 교사가 자기보다 더 큰 차를 운전하는 데 대해 배가 아팠던 것이다.

"부장 자리를 그만두세요. 그런 마음을 가진 사람에겐 부장 자리를 줄 수 없어요."

마치 간부 교사 직위를 시루떡 나누어 주는 듯이 말했다. 그러더니 그다음 해엔 교감 선생님이 학교장에게 여러 가지 말을 하고는 부장 자리를 거두어 가 버렸다.

참으로 그 교감 선생님은 처세술에 아주 능통한 분이셨다. 먼저 선생님들을 지도하고 학생들을 잘 관리해야 함에도, 그것보다는 윗사람에게 잘 보이기 위한 노력이 타의 추종을 불허하는 분이셨다.

교장 선생님이 10시쯤 출근할 때면 다른 일을 중단하고 현관 입구에서 경비병처럼 부동자세로 서 있다가, 차가 도착하면 90도 각도로 인사하고 미소를 지으며 차 문을 열어주는 일이 교감 선생님의 업무처럼 되어 있었다.

이분은 또 방과 후 선생님들과 술을 마시고 고스톱을 즐기는 것에 대한 열정이 대단한 분이셨다. 마음에 드는 교사들을 불러 밤늦도록 술을 마시고 고스톱을 즐겼다. 그중에서도 화투놀이를 해서 자기에게 돈을 좀 잃어주는 사람을 좋아했다. 그런데 고스톱을 하지 않거나 술을 못 마시는 사람에겐 아주 까칠하게 대했다. 술과 고스톱을 싫어하는 나는 이분 때문에 사표를 쓰려고 몇 번이나 망설였다. 그러다가도 3남매 아이들과 아내가 사는 모습을 바라보고는, 더러워도 참고 정년까지 가자고 입술을 깨물었다.

직원 중에 최고 경영자보다도 중간 간부들의 갑질 때문에 직장을 옮기거나 그만두는 사람이 많다.

나는 아내에게 여러 가지 사업을 맡겨 상당한 돈을 모았다. 그러다 보니 교감 선생님은 그런 것에 대한 질투심도 대단하였다.

오늘도 소중한 내 차를 운전하여 금호강변을 달린다. 주위에서는 "사장님 돈도 많으신데 좋은 외제차 하나 사서 타세요."라고 권유한다. 그래도 나는 어떤 좋은 외제차보다도 20년 동안 나를 소중하게 태워주고 지켜준 고마운 이 차를 아끼고 사랑한다.

퇴임사

이렇게 삼복더위 속에서도, 또 바쁘신 가운데도 저의 퇴임식에 참석하신 여러분께 감사를 드립니다. 이 퇴임식장에서 먼저, 참으로 고마운 감사의 인사를 드리고 싶은 분들이 있습니다.

가장 먼저 나를 지켜주신 하나님께 감사하고, 또 부족한 저를 채용해서 36년 동안 일하게 하신 장○선 재단이사장님과 김○호 교장 선생님께 깊은 감사를 드리고 싶습니다. 그리고 여러모로 부족한 사람을 옆에서 도와준 동료 선생님께 감사하고, 저의 지도를 잘 따라준 우리 대동중학교 학생들에게도 감사를 드립니다.

저에게는 참으로 아름답고 귀한 제자들이 있습니다. 제가 30년 전 대동고등학교에 근무할 때 담임을 맡은 반 학생들로, 한 학생 한 학생 발을 씻겨주고 회초리를 아주 많이 사용해서 가르친 제

자들입니다. 그 제자들 10여 명은 졸업한 이후부터 스승의 날이
되면 저와 몇 분의 선생님들을 모시고 푸짐한 음식 대접과 선물
증정을 한 해도 빠짐없이 해왔습니다. 25년째 되는 해에는 그 사
실을 MBC 9시 뉴스에서 두 번이나 보도했습니다. 그중 오늘 이
자리에 참석한 제자들도 있습니다. 참으로 감사할 뿐입니다.

그리고 부족한 저와 결혼해서 3남매를 낳고, 다 공부시키고 취
직시켜 시집장가까지 보낸 아내에게도 감사하고 싶습니다.

사랑하는 학생 여러분!

이 퇴임식장에서 학생 여러분에게 꼭 하고 싶은 말은, 인생을
살면서 정직하고 성실하며 남을 배려하는 마음으로 살아가라고
부탁하고 싶습니다. 그리고 하나님을 만날 수 있는 사람이 되면
좋겠습니다.

세계 210개 나라 중에서 우리나라가 10번째로 부유한 나라라
고 합니다. 참으로 잘사는 나라이지요? 그런데 부끄럽게도 자살
하는 비율은 세계에서 1등이라고 합니다. 어제도, 오늘도 하루에
43명씩이나 죽는다고 합니다.

사랑하는 학생 여러분!

여러분들도 앞으로 살아가다 보면 틀림없이 너무 힘들어서 죽

고 싶을 때가 있을 수 있습니다. 그럴 때는 죽으려 하지 말고 이런 생각을 해 주십시오. '내가 중학교 다닐 때 김경환 선생님이 계셨는데, 그 선생님은 3살 때 소아마비를 앓았고 많은 놀림을 받았다. 가난 속에서 힘들게 살았으며, 아르바이트로 대학을 졸업하며 열정적으로 살았다. 우리 대동중고등학교에서 36년을 근무하면서 한 번도 지각이나 결근하지 않고 살았는데, 인간적으로 봐서 내가 그 선생님보다는 행복하지 않은가?' 그렇게 생각하고, 죽을 만큼 힘들더라도 참고 죽음을 포기해 주기를 바랍니다.

존경하는 여러 선생님과 사랑하는 학생 여러분!

여러분과 함께했던 시간은 참으로 행복하고 아름다운 시간이었습니다. 그동안 베풀어 주신 사랑에 깊이 감사합니다. 학교를 떠나서도 여러분의 눈동자를 바라보겠습니다. 여러분의 이름을 불러가며 기도하겠습니다.

혹시나 부족한 저로 인해 마음의 상처를 받은 사람이 있다면, 이 자리에서 너그러이 용서해 주시기를 바라겠습니다. 여러분의 앞날에 기쁜 날이 펼쳐지기를 소망합니다. 감사합니다.

나를 공격한 괴물

괴물怪物은 괴상하게 생긴 물체를 말한다.

우리가 상상하는 괴물들은 끔찍한 섞임 씨앗의 생김새와 잔혹한 공격성을 특징으로 한다. 인간은 알 수 없는 두려운 힘을 형상화하기 위해 알고 있는 위험한 것들을 뒤섞는다. 괴물로 나타나는 알 수 없는 두려운 힘은 결국 죽음이다. 괴물의 상징적 의미는 죽음의 부정적이고 긍정적인 두 측면에 두루 걸쳐 있다. 우선 괴물은 혼돈, 무질서, 심연, 비합리적인 힘으로 나타난다. 그것은 결국 죽음 자체일 수도 있고 우리를 잠식하는 압도적인 공포와 욕망일 수도 있다. 어떤 철학자는 "괴물은 침대 아래와 침실 문 뒤에 살면서 창문 틈으로 우리를 몰래 엿본다. 괴물은 우리의 성장하는 의식 가장자리에 있으며 일부는 본능적이고 일부는 신적이다.”라고 말했다. 괴물을 좋아하는 사람은 없다. 다들 피하고 싶어한다.

나에게도 1982년 4월 19일 괴물이 침입했다. 그놈은 분명히 나의 목숨을 노리고 있었다. 3일 동안 내게 붙어서 나를 꼼짝 못 하게 하다가 자신의 목적을 달성하지 못하자 유유히 사라졌다.

교사를 하는 것은 그리 쉬운 일이 아니다. 학생들을 열심히 가르쳐야 하고, 생활 지도도 해야 하고, 상담 활동도 해야 한다. 내가 교사이던 그 당시에는 숙직宿直제도가 있었다. 숙직 날은 자정까지는 학교로 오는 전화를 받고 순찰을 해야 한다. 학교 곳곳을 다니며 점검하고, 문단속, 소등 확인 등 여러 가지를 살펴야 한다. 일반 회사에서 숙직을 하면 그다음 날 쉬거나 늦게 출근하지만, 학교는 수업 때문에 그렇게 할 수가 없다. 그래서 자정까지만 근무하고 자정이 되면 숙직실에서 잠을 청한다.

4월 중순의 밤은 쌀쌀하다. 온돌방인 숙직실은 연탄으로 따뜻하게 데워져 있었다. 나는 이불을 덮고 잠들었다. 사실 몇 시간의 수업과 사무처리, 상담 활동, 청소 지도, 학부모 면담 등 아주 피곤한 하루였다. 학기가 시작된 지 얼마 되지 않아 일의 분량이 더 많았다.

잠을 푹 자고 눈을 떠 보니 그 이튿날이 아니고 3일째 되는 날의 저녁이었다. 산소통에다 콧줄을 연결해 내 몰골이 형편없었는데, 학교 재단 관계자와 아내가 초조한 얼굴로 나를 지켜보고 있었다.

숙직실 방 틈으로 연탄가스가 새어 들어왔다.

아침에 일어나면 맨 먼저 국기 게양대에 태극기를 다는 것이 숙직 교사의 몫이다. 그런데 체육 교사가 맨 먼저 출근해 보니 해가 중천에 떴는데도, 아직 국기가 달리지 않았다. 체육 선생님이 숙직실로 달려가 문을 똑똑 두드리며 "선생님 아직 주무십니까?"라고 불러도 아무 반응이 없었다. 힘껏 두드려도 아무 반응이 없자 드라이버를 가져다가 문을 강제로 열었다.

숙직 교사는 연탄가스를 마시고 쓰러져 있었다. 얼른 119에 연락하고 숙직 교사를 업고 나왔다.

그때 나는 그 끔찍한 괴물 때문에, 사랑스러운 3남매와 아내를 남겨두고 그 괴물을 따라 갔거나, 숨만 쉬는 식물인간으로 변했을지도 모른다.

보통은 하루나 이틀이 지나면 깨어나는데 3일째가 되어도 회복되지 않으니 의사들도 부담이 생겼다. 보호자인 아내를 불러 "우리 병원에서 최선을 다하고 있지만, 혹시 서울의 큰 병원에 아는 분이 있으시면 그곳으로 환자를 옮겨 드리겠습니다." 만약의 사태를 대비해 책임을 전가하고픈 말이었다. 학교에서도 야단이 났다. 3일째 되는 날에는 재단 관계자들이 모여 숙직 교사의 장례 문제, 보상 문제 등을 논의했다고 한다.

그런데 그렇게 찰싹 붙어 있던 괴물이 3일째 되는 날 저녁에 유유히 사라졌다. 괴물이 떠난 후 나는 눈을 떴다. "물 좀 주세요." 나는 후유증으로 팔이 마비된 것 같았다. 나중에는 끊임없는 물리치료 덕분에 거의 회복이 되었다.

이 모양 저 모양의 괴물 침입으로, 나는 밟히고 밟히면서 노방초路傍草처럼 인생을 살아왔다. 노방초는 길거리에 돋아난 잡풀로, 여러 사람에게 밟히고 밟혀도 끈질긴 생명력으로 다시 살아간다. 나는 노방초를 좋아한다. 그러니 괴물마저도 나를 깔보고 공격했나 보다.

그렇게 나는 다시 태어났으니 이제 참으로 정직하고 성실하게 삶을 살고 싶다.

믿었던 C군

TV를 틀면 아프리카의 배고픈 아이 모습이 화면을 가득 채운다. 정말 안타깝고 불쌍하고 애처롭다. 굶어보지 않은 사람은 배고픈 자의 심정을 이해하기 어렵지만, 그래도 앙상한 아이들의 모습이 늘 눈에 아롱거린다. 1960년대 우리나라 농촌도 심각한 상태였다. 6·25사변이 일어난 지 얼마 되지 않고 전후 복구 사업 때문에 농촌의 생활은 참으로 어려웠다. 직업이 농부인 우리 아버지는 가진 농토가 얼마 되지 않았기 때문에 늘 우리 가족은 쪼들린 생활을 해 왔다.

남의 농토를 빌려서 농사를 지어 주고, 그 삯으로 얼마를 받아서 살아갔다. 그런데 지금처럼 농사가 잘되는 것이 아니라, 거듭된 흉년으로 식량마저 부족했다. 게다가 할아버지, 할머니, 7남매의 아들, 딸들 이렇게 11명의 식구가 살아야 했다. 그러니 자녀들을 교육하는 것도 무척 힘들었다. 아버지는 장남인 나에게 "너는 중학교만 졸업하고 기술을 배워라."라고 자주 말씀하셨다.

공부욕심이 많던 나는 학교에 더 가고 싶었다. '할아버지가 지던 지게를 아들에게 물려주고 아들이 지던 지게를 다시 손자에게 물려주는' 그런 생활에서 벗어나고 싶었다. 그래도 어머니가 지어 준 시래기밥, 겨떡을 배불리 먹어서 행복했다.

그런데도 대학에 가고 싶었다. 부모님 몰래 수능을 치고 사립대학에 시험을 쳐서 합격했다.

아마, 부모님은 욕심 많은 아들 때문에 더 고생했을지도 모른다. 합격하고 나서 며칠을 졸랐다. "한 번만 등록금을 내어 주신다면 제가 벌어서 다니겠습니다." 아무런 대책도 없으면서 자신 있게 말했다. 아들을 이기는 부모님은 없다. 농사짓는 소를 팔아 입학 등록을 했다. 나는 한 달간 아버지의 눈에서 눈물이 고여 있는 것을 보았다. 앞으로 등록금을 버는 일은 학생들을 가르치는 일밖에 없었다. 고등학생들 영어, 수학 그룹 과외지도였다. 한 푼의 학비와 자취비를 벌기 위해, 나는 지친 몸으로 새벽을 깨웠다.

자취방을 구하기 위해 이곳저곳을 돌아 다녔다. 값싼 방을 구하기 위해서다. 마침 슬레이트로 지은 집인데, 창고나 다용도실로 쓰던 공간을 방으로 만든 곳이 싼값에 나와 있었다. 창문을 열면 바로 밖의 담이고 신문지로 도배를 한 방이라, 누워 있으면 하늘이 보였다. 그래도 내가 편히 쉴 수 있는 안식처가 있다는 것이 행복했다.

내가 가르치는 학생들은, 대부분 고등학생이고 중학생은 없었다. 어느 날 고등학교 입시에서 실패한 남학생이 아는 분의 소개를 받고 찾아왔다. 국어, 영어, 수학의 개인지도를 원했다. 잠시 테스트해 보니 기초가 좀 부족한 학생이었다. 세 과목을 가르쳐야 하고, 한 사람만 가르치는 셈이니 돈도 더 많이 받아야 했다. 그래서 보호자와 시간, 과외 금액 등을 협의해 정하고, 그다음 날부터 시간을 쪼개 C군을 지도하게 되었다.

다른 고등학생 그룹 지도보다 신경이 많이 쓰였지만, 있는 힘을 다해 C군을 지도했다. C군의 집은 김천시 가까운 읍내에서 사업을 한다고 했다. 그런데 한 달이 지나고 두 달이 지나도 과외비 이야기가 없었다. 내가 C군을 지도하는 것은 봉사 활동이 아니었다. 얼마간의 돈을 받아서, 그 돈으로 등록금도 내고 자취비도 지불해야 했다.

내가 학생들을 지도할 때나 교직 생활을 할 때, 가장 힘들었던 부분이 학생들에게 돈 이야기를 하는 것이었다. 등록금 납부할 기간도 얼마 남지 않아서, C군에게 용기를 내어 이야기했다. "아버지 무슨 말씀 안 하시더냐?"라고 물으니 C군은 "요사이 형편이 어려워서 그런데, 곧 돈을 마련해 드린다고 해요."라고 한다. 곧이 언제인지 참으로 궁금했다. 처음 약속은 한 달이 끝나기 전에 그 달의 과외비를 지불한다고 했는데, 4개월째 과외비를 체불하고 있었다. 참으로 답답하여, 다시 C군에게 "아버지 과외비 말씀 안 하시더냐?"라고 물으니 "요사이 형편이 어려워서 시험에 합격하고 나서 드린대요."

참 기가 막히는 일이다. 이때까지 수십 명을 지도해 봐도 이런 일은 처음이었다. 가장 믿었던 학생이 가장 문제를 일으켰다.

시간을 내어 C군의 집을 방문했다. 방문하고 나서 깨달은 것이 '이런 가정이니, 그렇게 말하는구나.' 깨닫게 되었다. 찾아가 보니 김천시에서 조금 떨어진 읍내에서 젊은 여자 접대부 여러 명을 고용해 놓고 운영하는 술집이었다. 안으로 들어가 보니 짙은 화장을 한 여성들이, 몇 명 앉아서 손님을 기다리고 있었다. C군의 아버지에게 사정을 해봐도, 아들이 시험에 합격해야 과외비를 줄 수 있다는 것이다.

참으로 난감한 일이었다. 대학의 등록금 납부 기간도 얼마 남지 않았고, C군이 시험을 치르자면 입시가 12월이니 아직 몇 개월을 더 기다려야 준다는 말이다. 변호사 사무실에 문의하니, 소송하면 다 받을 수 있다고 했다. 그렇지만 그때까지 등록금을 내지 못하면 자동 제적처리가 된다. 곰곰이 이틀을 생각하다 얼굴도 모르는 관할 경찰서인 김천 경찰서장에게 구구절절 간절한 마음으로 편지를 썼다. 좀 도와 달라고, 요사이 같으면 그냥 소송하십시오, 할 텐데 그때만 해도 경찰서장의 힘이 셌을 때였다.

며칠 후에 C군 집에서 연락이 왔다. 자기 집에 오라는 것이다. 무거운 마음으로 C군의 집을 찾아갔다. C군의 아버지와 어머니, 삼촌, 고모 네 사람이 험악한 얼굴로 마치 폭행이라도 할 듯이 나를 공격했다.

"왜 그런 일을 경찰서장에게 이야기했느냐?" 그 일로 인해 경찰서에 가서 야단을 맞았고, 그 문제를 해결 안 하면 술집 경영도 힘들게 된다고 삿대질을 해가며 야단을 쳤다. 과외비는 70%만 받아 가라고 했다.

내 머릿속에는 "눈물 젖은 빵을 먹어보지 못한 사람과는 인생을 논하지 말라."라는 괴테의 말이 맴돌았다.

담임 교사를 공부시킨 박종태 군

아르바이트로 등록금을 모아가며 숨 가쁘게 대학을 졸업하고, 처음 고등학교 교사로 발령을 받았다. 부푼 꿈을 안고 고등학교 2학년 담임이 되었다. 국어 과목을 맡고 있으니, 학생들에게 1주일에 한 편씩 단편 소설을 읽고 독후감을 써 오게 했다. 스스로 의욕에 넘쳐 학생들이 등교하기 전에 먼저 책상 앞에 앉아 있으니, 자동으로 학생들도 일찍 등교하였다.

생활 지도를 위해서도 큰 노력을 기울였다. 교실 게시판에 학생 전체의 생활 규칙 도표를 만들었다. 지각을 한 번 하면 빨간 색의 딱지가 하나 붙게 된다. 싸우거나 유리창을 파손하여도 빨간색의 딱지가 하나 붙게 된다. 그 반면에 표창장을 받거나 착한 행동을 한 학생에게는 푸른색의 칭찬 딱지를 붙인다. 그 도표만 보면 학생들의 생활 태도를 알 수 있었다. 그리고 중간고사를 앞두고 자기가 취득할 전체 과목의 목표점수를 과목별로 적어 내게 했다. 시험을 쳐서 목표점수에서 가장 뒤떨어진 사람 10명은 다음 시험 칠 때까지 교실 청소 당번이, 그다음 5명은 특별 구역 청소 당번이 됨을 선포했다. 그러니 성적이 쑥쑥 오를 수밖에 없었다. 그러면 공부를 못하는 사람은 계속 청소만 해야 하느냐고 물을 수 있다. 그렇지는 않고 목표 지점만 낮게 잡으면 된다.

그런데 내 반에서 상당한 문제성을 지닌 학생이 한 명 있었다. 박종태(가명) 학생이다. 이 학생은 1학년 때에 상급생을 구타하여 처벌받은 경력도 있다. 그래서 2학년 담임 교사들은 이 학생이 자기 반에 오는 것을 꺼렸다. 종태 군의 표정은 세상 풍파에 시달려 찌든 사람처럼 쭈그러져 있었다. 힘이 세고 저돌적인 성격이었다. 그 당시 시내버스에는 여자 차장이 있었다. 한번은 버스 요금을 내지 않는다고 야단하는 차장의 뺨을 때리고, 이를 나무라는 운전기사의 멱살을 잡고 뺨을 때려, 경찰서로 인계되어 학교로 연락이 왔다. 그래서 담임 교사가 경찰서에 가서 사정사정하고, 잘 지도하겠다는 조건으로 학교로 데리고 왔다.

처음에는 상담하여 타이르기도 하고, 그래도 안 될 때는 벌 청소를 시키고, 그래도 말을 듣지 않으면 청소 밀대가 부러지도록 엉덩이를 때렸다. 요사이 같으면 큰일 날 일이지만.

이런저런 여러 가지 방법을 다 써 봐도 종태 군에게는 통하지 않았다. 툭하면 3학년 선배들과 싸움을 하고, 힘이 세다 보니 3학년 학생들도 종태 군을 보면 슬슬 피했다. 그래서 교무실에서는 종태 학생을 퇴학시켜야 한다고 야단이었다. 그러나 담임인 나는 그 학생을 퇴학시키면 더 큰 문제를 일으킬 수 있다고 했다. 힘들어도 학교에서 붙잡고 있어야지, 퇴학을 시키면 고삐 풀린 망아지처럼 더 큰일들을 저지를 학생이었다. 담임 교사로서 고민이 많았다.

좀 더 잘했으면 좋겠는데 자꾸 탈선하여, 심지어 담임 교사가 종태 부형에게 융숭한 대접을 받은 게 아니냐고 핀잔을 주는 동료들도 있었다. 그러나 나는 하늘을 보고도 부끄럽지 않은 신념을 가진 사람이다.

어느 날 종태 군에게 "너 토요일 오후에 시간이 있니?" 하고 물으니 '있다'고 했다. ○○제과점에서 만나기로 했다. 그를 만나 팥빙수와 빵을 푸짐하게 시켰다. 실컷 먹고 나서 나는 그에게 말했다.

"종태야! 다른 학생들은 다 내 말을 잘 듣는데 너는 자꾸 탈선하는 이유가 뭐냐?"

한참을 머뭇거리더니 입을 열었다.

"선생님 저 때문에 힘드신 줄 압니다. 그런데 저는 어머니를 죽이려고, 예행연습을 하고 있습니다. 꼭 그 여자를 죽일 것입니다."

말에 힘을 주고 당장 그 일을 시행할 것처럼 말했다. 어머니를 그 여자라고 표현한 것만 봐도 가슴이 무너지는 소리다. 어머니를 죽이기 위해 악의 칼을 갈고 있다, 참으로 소름이 끼치는 말이었다. 몸이 부들부들 떨렸다. 아니 그 어머니가 친어머니냐고 물으니 친어머니라고 했다. 나는 계모가 몹시 아들을 힘들게 하는 줄 알았다. 저를 낳아준 가장 사랑해야 할 어머니를 죽인다니.

나의 눈에서는 눈물이 핑 돌았다. 종태 군의 눈에서도 눈물이 났다. 손수건을 꺼내 눈물을 닦으며, 좀 더 차분하게 말해 달라고 했다.

"선생님 여자가 그렇게 해서 되겠습니까? 1살짜리 아들을 남겨놓고 다른 곳으로 시집가는 여자가, 어떻게 말이 됩니까?"

종태는 눈물을 흘리면서 나에게 따지듯이 말했다. 마치 내가 자기 어머니에게 1살짜리 아들을 두고 다른 곳으로 시집가라고 시킨 것같이 말했다. 한참을 울었다. 나도 울고 종태 군도 울었다. 어느 정도 감정이 식었을 때 다시 말했다.

"종태야! 우리 어머니를 용서하자. 사연은 잘 모르지만 오죽 힘든 일이 많았으면 1살짜리 아들을 두고 다른 곳에 개가했겠

나? 우리 어머니를 불쌍히 여기자. 앞으로 선생님이 너를 도와주
겠다."

손을 꼭 잡고 말했다. 자기 친어머니가 개가하고 나서 계모가
들어왔는데, 혹독하게 종태를 다루어서 그 감정이 쌓인 것 같았
다. 그때마다 자기를 낳고 개가한 어머니를 원망해 왔다.

그날 밤은 잠이 오지 않았다. 고등학생에게 칼을 주면, 감정에
따라 사람을 죽일 수도 있다. 내가 가르치는 반 학생이 어머니를
죽였다면? 참으로 생각만 해도 끔찍한 일이다. 평소 알고 지내던
상담 대학원 교수님을 찾아갔다. 내가 종태 군을 가르치기 위해
서는 상담 공부가 더 필요하다. 학기가 좀 지났지만, 상담 공부를
하게 해 달라고 했다. 그 덕분에 야간 강좌로 상담 공부를 할 수
있었다.

종태 군이 힘들게 졸업하고 20여 년이 지난 어느 날, 퇴근길에
그를 만났다. 반갑게 손을 잡고 인사를 나누었다. 종태 군은 나에
게 저녁 식사를 대접하겠다고 했다. 그날은 다른 약속이 잡혀 있
어서 차만 한 잔 마시기로 했다. 종태 군이 어떻게 사는지 궁금했
다. 차를 마시면서 그의 근황을 들을 수가 있었다. 결혼하여 두 아
이의 아빠가 되었고, 개인 회사에 다닌다고 했다.

나는 싱긋 웃으면서 종태 군에게 "자네는 고등학교 2학년 때 어머니를 죽인다고 했는데, 언제쯤 실행에 옮겼나?" 장난기 있는 말로 물었다. 그는 빙그레 웃으면서 "그때는 너무나 힘들었습니다. 선생님께 감사한 마음뿐입니다."라고 대답했다.

신의성실信義誠實의 원칙

참으로 가난한 시절의 이야기다. 1960년대의 일이다.

7남매 장남으로 태어난 나는 가진 농토가 얼마 되지 않아 남의 농사를 지어 주고 그 삯으로 살아가는 가난한 소작농의 아들이었다. 흉년이 든 해는 먹을 것이 없어서 돼지에게 주는 밀기울죽을 먹고 살았다.

학교 갈 때는 도시락을 싸 가지 못하는 날이 많았다. 싸 간다 하더라도 쌀 20%에 보리쌀 80% 정도였다. 도시락 뚜껑을 열면 쌀은 보이지 않고 새까만 꽁보리밥이었다. 내성적인 나는 반찬이라고는 김치 한 가지뿐인 도시락을 친구들과 같이 책상 위에 놓고 먹을 수가 없었다. 친구들은 하얀 쌀밥에 반찬도 몇 가지를 싸 왔다. 나는 부끄러워 한 젓가락 떠먹고 도시락 뚜껑을 닫고, 또 한

숟갈 떠먹고 도시락 뚜껑을 닫았다. 많은 친구가 나의 밥 먹는 모습을 바라보았다. 참으로 부끄러웠다. 그다음 날부터는 점심시간이 되면 도시락을 가지고 운동장 나무 밑으로 갔다. 참으로 편안했다. 바라보는 사람이 없으니 도시락을 펼쳐 놓고 마음껏 맛을 음미해 가며 먹을 수가 있었다. 어떤 날은 도시락 옆에 삶은 고구마 한쪽도 넣어 주셨다. 참으로 감사했다. 비록 새카만 꽁보리밥이지만 그래도 싸 주시는 어머니께 감사했다.

결혼 후 5% 자금을 가지고 95%를 빌려 대중목욕탕을 인수하였다. 돈을 빌려준 형제들과 친척들에게 감사했다. 악착같이 살아갈 수밖에 없었다. 대중목욕탕 운영은 참으로 재미있었다. 날만 밝으면 금고에 돈이 소복소복 쌓였다. 어떤 날은 하루의 수입이 나의 한 달 봉급보다 많을 때도 있었다. 그리하여 몇 년 만에 처음 빌렸던 돈을 다 갚았다. 소복이 모인 금고의 돈으로 다시 여러 곳에 재투자할 수 있었다. 그렇게 하자니 몸은 좀 피곤하였다. 나는 고등학교 교사였지만 퇴근 후에는 목욕탕을 돌봐야 했다. 전기 수리, 타일 수리, 보일러 수리는 내 몫이었다.

토요일이나 휴일이 되면 아내가 이사장으로 있는 학교에 가서 여러 가지 사항을 교장 선생님으로부터 보고도 받고, 또 가끔 전체 직원들에게 회식도 시켜 주었다.

그런데 5년쯤 지났을 때 법원으로부터 소장訴狀이 날아왔다. 학교 매입 시에 이사회를 열지 않았기 때문에 학교 매입이 무효라는 소송이었다. 여러 변호사를 만나 보고 이 방면으로 공부를 하게 되었다. 이때까지 남에게 먼저 소송을 제기한 적이 없고, 앞으로도 그렇게 살 각오를 가지고 있었다. 그러나 먼저 소송을 제기해 오는 사람에겐 맞대응할 수밖에 없었다. 변호사를 선임하고 맞대응했다. 여러 번 재판이 열리고 최종적으로 마지막 재판이 열렸다. 이 소송을 제기한 사람은 이 학교를 설립했던 김영곤(가명)이었다.

결심 공판이 시작되자 재판장은 "원고 김영곤 씨 왔어요?" 하고 물었다. "예 왔습니다." 대답하자, "당신 아내는 살아 있어요?" "예 살아 있습니다." 재판장은 이상하다는 듯이 고개를 갸우뚱하면서 "아내가 병病도 안 났어요?" 하는 것이었다. 재판장은 김영곤 씨가 상식도 없이 이 재판 저 재판에 끼어들어 정의를 흐리게 하는 인물이라 면박을 주는 것 같았다.

판결문이 낭독되었다. 피고가 학교 매입 시 이사회를 하지 않은 것은 맞지만, 원고가 이미 돈을 다 받았고 운영권을 넘겨주고 나서 이사회 개최 여부를 따지는 것은 신의성실信義誠實의 원칙에 어굿난다는 것이었다. 그는 지방법원에서 패소하자 다시 고등법원에 항소하였고, 거기서도 패소하자 이번에는 형사사건으로 고발하였다. 검찰청 검사로부터 소환장을 받았다. 태어나서 검찰청에는 가보지 않았는데, 마치 큰 죄를 지어 가는 기분이었다. 검사는 인적 사항을 묻고 혹시 근무 중에 장관상을 받은 적이 있느냐고 물었다. 교육부장관상 제 (*)호, 옥조근정훈장 (*)호를 말하니, 더 조사할 것이 없다며 집으로 가시라고 이야기했다.

어느 약사의 지혜

　포항에서 교직 생활을 하고 있을 때의 이야기다. 고등학교 교사인 나는 동료들과 '청소년 사랑의 집'을 운영했다. 사무실을 빌려 직원 1명이 상주해 있으면서 청소년들을 상담했다. 한창 탈선할 수 있고 방황하는 청소년기를 바르게 지도하는 참으로 중요한 일이다. 6명의 교사는 방과 후에 사무실에 모여 토론도 하고, 청소년들에게 상담도 해주었다. 그리고 문학 행사나 초청 강연회도 주선하였다.

　그런데 이런 교사들보다 청소년들에게 더 관심을 많이 가진 분이 있었다. S대 약학과를 졸업하시고 포항 시내에서 '서울약국'을 운영하던 분이었다. 이분은 약사였지만 청소년들을 모아 한문 교실도 여는 등, 청소년 지도에 관심이 많으셨다. 자비를 들여 사무실을 빌리고 거기서 한문과 예절 지도를 했다. 대부분의 사람은 돈을 벌어 각자 자기가 필요한 곳에 쓰겠지만, 이분은 사회를 위해 많은 공헌을 하시는 분이었다. 우리는 이 약사 선생님과 가까이 지낼 수가 있었다. 이분은 또 매월 우리 청소년 상담실에 많은 돈을 정기적으로 후원해 주셨다. 이분이 아니면 사무실을 빌려서 운영할 수가 없을 정도였다.

한번은 앞장서서 일하는 교사 6명에게 식사 대접을 한다고 우리를 초청하였다. 우리는 각자 차를 타고 예약된 장소로 갔다. 교사들은 중고차라도 각자의 차가 있었다. 이 약사님은 거액을 들여 우리 교사들에게 맛있는 불고기를 대접하였다. 그런데 알고보니 이 약사 선생님은 자전거를 타고 오셨다. 마음이 찡하였다. 자동차로써 생활을 비교할 수는 없지만, 대접받는 사람들은 차를 타고 왔고 대접하는 사람은 자전거를 타고 오셨다. 그분은 참으로 근검절약하는 분이셨다.

허세를 부리는 사람들이 많다. 사업을 하기 위해서는 빚을 내어서라도 외제 고급 승용차를 구입한다고 한다. 외국 유학을 마치고 온 어느 유명한 교수가 경주의 어느 큰 호텔에서 강연하게 되었다. 자신이 연사로 결정되어 부푼 마음을 안고 친구가 타던 작은 중고 승용차를 타고 호텔로 향하였다. 주차장에 차를 세우자 수위 아저씨가 다가와서, 이 차는 이곳에 주차하지 말고 저쪽 구석에 주차하라고 지시하였다. 오늘 유명한 강사가 와서 강연회를 하는데 저명인사들이 많이 온다고 하면서 말이다.

이 약사 선생님과의 교제는 계속 이어졌다. 선생님은 가끔 책을 만들어 보내주기까지 했다. 우리는 수년 동안 서로 카톡을 주고받았다. 이분의 열정은 대단하였다. 내가 보낸 몇 년 치 카톡을 인쇄하여 자녀들에게 책으로 만들어 준다고 했다. 많은 사람들은 자식들에게 재산을 물려주려고 힘쓰지만, 이분은 자녀들에게 지혜를 물려주기 위해 노력하는 분이셨다.

화장실 들어갈 때와 나올 때

우리는 세상 살아가면서 많은 말을 하게 된다. 그리고 한번 한 말은 책임을 질 수 있어야 한다. 한 말에 책임을 지는 것은 자신의 인품과 관련이 있다.

오래전의 일이다. 큰길 옆에 200여 평의 땅이 있었는데 그냥 공터로 남아 있었다. 40미터 도로 옆의 땅이니 사람들이 많이 다니는 곳이다. 부동산 사무실에서는 자기들이 팔아 주겠다고 몇 사람이나 귀찮게 전화가 왔다. 나는 나중에 큰 건물을 지을 욕심으로 팔지 않는다고 했다.

그런데 차량 정비업을 한다는 한 사람이 찾아왔다. 아직 세상 경험이 많지 않은 나였다. 학교 교사인 나는, 남의 말을 그대로 잘 들었다. 이분은 자기가 정비업을 하는 데 땅을 쓰고 싶다고 했다.

나중에 원상 복구하여 줄 테니 좀 쓰자고 했다. 마치 뭔가 잘못한 사람이 빌듯이 사정사정하는 것이었다. 제발 좀 쓰게 해 달라고 했다. 집에까지 찾아와서 사정하는 것이었다. 한참 생각하다 놀고 있는 땅이니, 빌려 주어 영업하게 하자 싶었다. 그저 불쌍한 사람 도와주는 마음으로 사용료도 받지 않고 빌려 주었다. 그는 추석과 설날이면 고기를 선물하였다.

지금 생각하니 참 어리석은 행동이었다. 그 사람은 그곳에서 영업해서 이익을 많이 얻는데 땅 사용료를 얼마쯤 받았어야 했다. 그리고 계약서를 써서 법원에 공증해야 했다. 내가 사람을 너무 믿다 보니, 그분들을 불쌍하게 여기고 한 일이었다. 주변 부동산에서는 그 땅에 세를 받는다면 1년에 200만 원쯤은 받을 수 있다고 했다.

10여 년이 지났다. 그 사람은 그 땅에다 가건물도 지어 놓고 마음대로 구조를 변경해서 사용하고 있었다. 그런데 내가 그 땅을 급히 팔아야 할 사정이 생겼다. 그래서 그분에게 이야기하니 차일피일 미루고 피하는 것이었다. 땅 주인은 급해서 야단인데 세입자는 느긋하게 비켜줄 마음이 없는 듯이 행동하였다. 아무래도 자기가 돈을 들여 가건물도 지었는데 그 값을 받고 싶어하는 눈치였다.

참으로 기막힌 일이다. 10년 동안 사용료를 한 푼도 받지 않고 빌려 주었는데, 마지막엔 돈까지 요구하다니. 마치 물에 빠진 사람 애써 건져 놓으니 내 돈 보따리를 찾아내라는 격이었다. 내가 사용해야 하는 입장이 되었는데도 비워 주지는 않고, 이 문제 때문에 걱정이 많았다. 앞으로는 놀렸으면 놀렸지, 절대로 남에게 빌려 주지 않는다는 굳은 결심까지 하게 되었다. 급하다 보니 가 건물 값을 얼마 변상하여 주고 그 문제를 해결했다.

이 일을 겪고부터는 모든 일이 합법적인가를 생각하고, 만약 약속을 어길 때는 어떻게 할 것인가를 생각하고 계약한다. 비싼 대가를 지불하고 공부했다. 다시는 동정심에 사로잡혀 어떤 일을 처리하지 않기로 했다.

그분에게 한마디 하고 싶다.

"당신이 10여 년 전에 나를 찾아와서 그 땅을 빌려 달라고 했을 때, 내가 필요하면 언제든지 원상 복구하여 돌려준다고 말하지 않았소. 사랑으로 당신에게 베풀었으면, 당신도 사랑을 베풀 줄 알아야지. 사랑을 베풀었는데도 그 사랑을 알지 못한다면, 당신 때문에 세상이 더 각박해진다는 사실을 아십시오."

최○건, 아직도 잊히지 않는 이름이다. 부디 잘 먹고 잘사십시오. 그리고 다른 곳에 가서 그렇게는 하지 마십시오.

2
긴 병에 효자 없다지만

B 어르신의 잦은 설사

　길을 걷다가 점심때가 되어 식당에 갔다. 중국 음식을 파는 식당이었는데 기다리는 사람 3~40명 정도가 급식을 받으려고 초등학생처럼 줄을 서 있었다. 다른 사람이 먹고 나와야 그다음 사람이 식당 안으로 들어갈 수 있었다. '다른 식당으로 갈까?' 하는 생각도 해 봤지만, 이왕 기다리는 김에 먹고 가기로 했다. 40여 분이 지나서야 식당 안으로 들어가 식사를 할 수 있었다. 음식 맛이 달랐다. 반찬도 깔끔하고 종류도 다양했다. 그래서 사람들이 '오래 기다려도 불평하지 않고, 식사하고 가는가 보다'라고 생각했다.

　이 광경을 보고 깨달은 것이 있다. 어르신들을 모시는 요양원을 운영하면서, 이 식당과 같은 방법으로 운영해야겠다는 생각이었다. 어르신들을 진심으로 모시고 근무하는 직원들을 가족처럼 대우하면서 말이다. 나는 전체 직원회의 때 점심 먹었던 이야기를 하며, 그 식당과 같은 운영 방법으로 요양원을 운영하겠다고 발표했다.

어르신들에게 내 부모를 모시는 마음으로 최상의 서비스를 제공해 주고, 직원들에게도 최상의 대우를 해 주겠다고 약속했다.

복지부와 건강보험공단에서는 전국의 5,000여 개 노인 요양시설 중에서 15군데를 뽑아 큰 비용을 투자하는 "노인 요양시설 내 어르신 상시 건강관리 서비스를 제공하는 시범사업"을 3년째 하고 있다. 우리 시설이 15개 시설 가운데 포함되었다. 대구와 경북에서는 2개 시설만 선정되었다. 우리 요양원은 많은 혜택을 받게 되었다. 우리 같은 시설에서는 원래 간호사나 간호조무사 중 2명만 근무하면 되는데, 이 시범사업으로 간호사 4명, 간호조무사 2명이 24시간 동안 3교대로 근무한다.

원래 요양시설에서는 간호사가 주사를 놓는 등 의료 행위는 할 수 없다. 그러나 이 시범사업에서는 의사의 처방 하에 주사를 놓는 등 일정량의 의료 행위를 할 수 있다. 이렇게 하니 돌아가시는 어르신 수도 줄었고 병원에 입원하는 어르신 숫자도 줄었다. 어르신들에게는 많은 혜택이 가는 좋은 제도이다.

B 어르신은 2등급 어르신이다. 삼킴장애를 가진 어르신으로, 삼킴장애는 음식물을 입에 넣어 삼키는 연하에 장애가 생겼다는 것을 뜻한다. 쉽게 이야기하자면 입으로 음식물을 먹을 수가 없어서 위에 구멍을 내거나 콧줄을 끼워 코-식도-위로 음식을 전달하는 것을 말한다. 밥이나 죽은 먹을 수가 없고 고영양 식품 단백질 등을 튜브에 넣어 공급하는 방식이다.

이 어르신은 장이 나쁜지, 1년째 설사를 하거나 묽은 변을 보아 그분의 병실에만 가면 냄새가 지독하다. 여러 번 병원에 가도 별로 좋아지는 것은 없다. 연세가 너무 많고 몸이 약한 편이기 때문이다. 그래서 이 어르신 병실엔 환풍기며 공기 청정기를 매일 가동한다.

하루에 몇 번씩 물로 씻고, 닦고, 방향제를 뿌려도 냄새가 난다. 그런데도 이 땅에 사실 날이 그리 많지 않아서 그런지, 두 아들은 정성스럽게 어르신을 섬긴다. 코로나로 인해 직접 면회를 못 하게 해도, 창밖으로 자신의 어머니를 한 번 보고 간다.

어르신은 가끔 간호사에게 콧줄을 빼고 집에 가고 싶다고 이야기한다. 그리고 손자들도 보고 싶다고 하신다.

D 어르신의 얼룩

오랫동안 우리 이웃에 살았고 우리 집과 교류하며 지냈던 D 어르신이 우리 요양원에 입소했다. 85세의 연세로 알츠하이머 치매와 여러 가지 질병이 겹쳐 요양등급 3등급을 받았다.

평소 차분했던 어르신 모습과는 달리 어디엔가 쫓기는 듯한 인상이었다. 세상의 모든 고뇌를 다 짊어진 듯한 표정이었다.

어르신은 자녀 3남매를 키우고 큰 시장에서 의류 도매점을 운영하면서 많은 돈을 모았다. 장사가 바쁘다 보니 자녀들에게 인성교육이 부족했던 것 같다. 자녀들의 밥상머리교육부터 해야 하는데, 그저 자녀들이 요구하는 학원에 보내는 정도였다. 휴일이 되면 부부 간에 여행도 하고 오손도손 정도 나누어야 하는데 이들은 남편 따로, 아내 따로 여가를 즐기곤 했다. 자녀들도 대학교,

대학원을 졸업하고 좋은 직장에 취직하여 비슷한 여성과 결혼했다. 아파트까지 사주면서 부모가 할 일은 그런대로 다 했다.

그런데 이 가정에 먹구름이 끼이기 시작했다. 큰아들은 더 큰 집을 사야 한다고 많은 금액을 부모님께 요구했다. 부모는 형편상 그 요구를 거절한 후 아들과 단절하고 말았다. 아들 부부는 그런 대로 살지만, 부모님과는 20년째 만나지 않는다고 한다. 생신이나 명절 때도 오고 가는 것은커녕 전화 한 통도 하지 않는다고 한다. 큰아들의 삶에서는 버린 부모님이 되었고, 부모님 역시 토라진 아들 부부와 대화하지도 않는다. 그러다 보니 그 자식도 버린 자식이 되었다.

딸은 군에 간 아들을 두고 살던 남편과 헤어지고 새 둥지를 찾아가고 말았다.

불행이란 연속적으로 찾아오는 법이다.

막내아들도 애지중지 키워 대학원까지 시켰지만 자기 짝을 찾지 못해 아버지가 친구의 딸을 소개해 결혼시켰는데 2달도 못 되어 파혼하게 되었다. 그러고는 아버지에게 그 책임 전부를 떠넘기고, 자기 짝과 법정 소송까지 벌이며 부모님과 단절했다고 한다.

D 어르신은 두 아들이 있지만 50살이 넘도록 자녀가 없어 대代가 끊어질 처지가 되고 말았다. 이런 와중에 D 어르신도 조용하

게 살지 못했다. 자신보다 20살 아래인 술집 겸 다방의 주모와 깊은 관계가 되었다고 한다. 그래서 50여 년 동안을 함께했던 조강지처糟糠之妻를 헌신짝처럼 버리고 재산의 절반을 주모 앞으로 이전하고 끝내 D 어르신의 가정은 해체되고 말았다.

주모는 D 어르신에게 하늘의 별이라도 따 줄 것처럼 적극적이더니, 일정액의 재산을 받고부터는 D 어르신을 우리 요양원에 입소시켰다.

나는 이분들에게 내 생각을 전하고 싶다.

우선 D 어르신이여!

인생은 뿌린 것만큼 거둔다고 합니다. 당신은 50여 년 동안 생사고락을 같이했던 조강지처를 버리고 더 큰 영광을 찾고자 20살 아래인 술집 여인을 택했소! 당신의 몸은 이미 병으로 쇠약한데, 그 여인은 순수한 사랑을 찾고자 당신을 선택한 것이 아닌 것 같소.

당신 재산은 당신 마음대로 한다지만 세상 사람들은 당신을 보고 허허! 하며 웃고 말 것이요.

불교의 윤회설을 믿지는 않지만, 혹시라도 다음 세상에 태어날 기회가 있다면 인생을 그렇게 살지는 마십시오.

그리고 3남매 자녀들이여!

그대들은 최고 학부를 졸업하고 좋은 직장에서 일하지만, 당신들의 행동은 한글도 몰라 힘들게 살아가는 사람들만도 못하오. 나중에 땅을 치며 후회하지 말고 어서 속히 부모님 곁에 찾아가 무릎을 꿇고 용서를 구하십시오.

내가 쓸데없이 남의 일에 지나치게 간섭했나요? 그저 내 생각을 이야기했을 따름이오.

B 은행 지점장의 집밥

　일반 사람들이 은행에 가면 지점장을 잘 만날 수 없다. 먼저 그 밑에 직원에게 물어서 만날 사유가 있어야 지점장을 만날 수가 있다. 지점장이 되기 위해서는 오랫동안 일반 은행의 여러 업무에 종사하여 능통하고 승진시험에 통과해야만 한다. 지점장은 상당한 대우를 받으므로 은행원들은 모두 지점장이 되고자 노력한다. 상당한 품격과 지식을 갖추어야 지점장이 될 수 있는 것이다.

　내가 아는 한 지점장은 우리 요양원의 어르신 보호자로 만난 분이시다. 90세 여성 어르신의 아들이다. 자신의 어머니를 우리 시설에 입소시키고 거의 매일 우리 시설에 온다. 홀어머니 슬하에서 열심히 공부하여 은행원이 되었고 오랜 근무를 통해 지점장이 되었다. 정년퇴직한 후에는 시간이 많아 가끔 파크골프를 즐기고 점심시간이 되면 우리 요양원으로 오신다. 어머니 식사에 도움을 준 후 직원 식당에서 점심을 먹는다.

이분이 식사 때마다 입버릇처럼 하는 말이 있다. "다른 식당보다 깨끗하고 반찬 맛이 있어서 점심시간에는 꼭 여기서 식사합니다." 요양원에서 2,500원의 식재료비를 들여 만든 식사가 뭐가 그리 맛이 있겠는가?

우리는 인사치레로 어른들이 드시는 식사를 같이 한번 해 보자고 보호자들에게 권유한다. 그만큼 어르신들의 식사에 신경을 쓰고 있다는 이야기다. 김치만 하더라도 그냥 사서 먹는 것이 아니고 국산 고춧가루와 의성 마늘, 까나리 액젓을 사서 직접 요양원에서 담근다. 그래서 어르신들이 그 맛을 더 잘 안다. 집밥이라고. 그렇다고 B 지점장처럼 매일 와서 식사하라는 말은 아니다.

요양원을 운영하다 보면 별의별 사람을 다 보게 된다. 어떤 직원은 자기 가족들을 요양원에 데리고 와서 다른 직원들이 먹기 전에 맨 먼저 먹고 가기도 한다. 먹는 것을 가지고 이야기하기가 곤란해서 가만히 있었더니 3개월이 지나도록 계속되었다. 직원회의 시에도 이야기가 나오고 해서 불러서 할 수 없이 그 사정을 이야기했다.

B 지점장의 점심식사도 몇 개월이나 계속되었다. 은행 지점장

은 봉급이나 퇴직금도 많다. 점심을 사 먹을 돈이 없는 것도 아니다. 그것은 하나의 버릇이다. 그래서 정중하게 사정을 이야기했다. 그러자 자기는 요양원에서 한번 먹어 보라고 해서 먹었다고 얼버무렸다.

요양원은 입소비 외에 비급여인 식대를 받고 있다. 한 끼에 2,500원의 재료비를 받아서 집행하고 있다. 신선한 야채와 과일 등을 사용하다 보니 돈이 빠듯하다.

M 어르신의 세 아들

한강 하류의 방화대교 강변에 커다란 나무배 한 척과 두 명의 청년 동상과 함께 있는 곳에서 투금탄의 유래에 관한 안내판을 볼 수 있다. 다음은 『고려사 열전列傳』 34에 나오는 내용이다.

공민왕 21년 당시 어떤 형제가 같이 길을 가다가 아우가 황금 두 덩이를 얻어서 그 하나를 형에게 주었다. 양천강楊川江에 이르러 또한 같이 배를 타고 강을 건너는데 아우가 갑자기 황금을 물속에 던졌다. 형이 이상하게 생각하고 물은즉 대답하기를 '평소에 저는 형님을 대단히 사랑하여 왔습니다. 그런데 지금 금을 가지고는 형님을 꺼리는 마음이 갑자기 싹트니 이것은 상서롭지 못한 일입니다. 그래서 이것을 강에 던지고 잊어버리려고 합니다.'라고 하였다. 형도 '네 말이 옳다.'라고 하고 역시 황금을 물속에 던졌다. 그때 함께 배를 탔던 사람들은 모두 어리석은 사람들이라 그 형제의 성명과 주소를 물어보지 않았다 한다.

- 北譯『高麗史 列傳』제11권 34에서 발췌

요양원을 운영하다 보면 여러 자녀를 만나게 된다. M 어르신에게는 세 명의 아들이 있다. 이들은 아버지에게는 잘할지 모르나 형제끼리는 우애가 없는 것 같았다. 형제끼리 서로 대화도 하지 아니한다. 삼 형제는 각각 어머니가 달랐다. M 어르신이 젊었을 때 장가를 세 번 가서 그때 낳은 아들들이다. 피가 달라 그런지 융합이나 화합은 아예 없었다. 큰아들이 이렇게 하자고 하면, 둘째 아들은 생각이 달라 저렇게 하자고 한다. 어르신이 요양원에 입소하기 위해서는 전체 금액의 20%를 내야 한다. 나머지 80%는 건강보험공단에서 부담한다. 그런데 보호자가 부담하는 입소비 문제도 서로 협의가 안 되었다.

주 보호자인 큰아들이 아버지 입소비의 1/3만 가져왔다. 나머지 2/3는 어떻게 되느냐 물으니, 삼 형제가 있으니 각각 1/3씩 받으라는 것이다. 운영자 입장에서 보면 참으로 귀찮은 손님이다. 주 보호자인 큰형은 누가 묻지도 않았는데, 시설장에게 둘째와 셋째는 몹시 나쁜 사람들이라 한다. 둘째도 말하기를 첫째와 셋

째가 아주 몹쓸 사람이라 말한다. 셋째도 찾아와서 첫째와 둘째
는 상식도 없는 사람들이라고 말한다.

M 어르신도 성격이 아주 까다롭다. 자기에게 다른 사람과 달리
특별대우를 해달라고 한다. 1주일에 한 번씩 하는 목욕도 자기 혼
자만 큰 물통에 물을 받아 오랫동안 목욕하기를 원한다. 사실 이
런 어르신은 참으로 모시기 힘들다.

직원들은 속으로 M 어르신이 다른 시설로 옮겨갔으면 좋겠다
고 생각한다. 너무나도 까다롭고 신경질적이고 요구사항이 남달
리 많기 때문이다. 한번은 M 어르신이 감기에 걸렸다. 병원에 가
서 약을 처방받고 주사를 맞아야 한다. 병원에 갈 때는 주 보호자
의 동의를 받아야 한다. 주 보호자가 말일에 의료비를 내기 때문
이다.

그래서 간호사가 전화하여 병원에 가야 한다고 하니, 가정 형편
도 어렵고 하니 감기 정도는 요양원에서 민간요법으로 치료하라
고 한다. 참으로 기가 찬 일이다. 1,500원 정도의 진료비를 아끼
기 위해 요양원에서 민간요법으로 치료하라니.

둘째나 셋째에게 전화하면 형제간의 갈등이 더 깊어질까 봐 시
설에서 부담하는 것으로 하고 병원에 다녀왔다.

M 어르신 주 보호자인 첫째 아들은 1/3씩 내는 입소비를 5개월째 연체하고 있다. 독촉 문자를 보내도 지금은 형편이 어려우니, 다음에 한꺼번에 내겠다고 한다. 몇 년 전에도 이분은 어르신 입소비가 몇 개월 밀리자 할인해 달라고 떼를 썼다.

참 머리 아픈 보호자라서 이분을 호출했다. 자신의 이야기로는, 우리 시설이 좋아서 5년 동안이나 다른 곳으로 옮기지 않고, 이곳에만 있었다고 자랑스럽게 말했다. 사실 말은 못 하지만, 다른 곳으로 옮겼으면 하는 생각이 간절했다.

그래서 M 어르신 주 보호자에게 "형편도 어렵고 하니 어르신을 집에서 모시는 게 어떻겠습니까?" 하고 말하니, 손사래를 치며 우리 집에는 아버님을 모실 사람도 없고 집으로 모셔갈 수 없다고 했다. 그러면 우리 시설은 집에서 너무 멀어 불편하니 집 가까운 시설로 모셔 가는 게 어떠냐고 물었다. 그때서야 보호자는 밀린 입소비를 내일까지 꼭 내겠다고 했다.

지나치게 까다로운 환자, 까다로운 보호자가 있으면 직원들이 피곤하다.

몇 달 후 M 어르신은 97세의 나이로 생을 마쳤다. 그분의 장례식장을 방문하니 삼 형제가 각기 다른 곳을 보며 영정 앞에 우두커니 앉아 있었다.

N 어르신의 치매

우리 시설에 96세 된 할머니 한 분이 입소했다. 치매 등의 병력을 가지신 분이다. 30살 때 남편과 사별하고 남매를 잘 키웠다. 전문적인 기술이나 자격이 없는지라, 시장에서 장사 등으로 생계를 유지해 왔다. 주위에서는 재혼하라고 조언하지만, 그것을 다 뿌리치고 아들딸만 열심히 키웠다. 그리하여 아들은 회사 중역으로, 딸은 중등학교 교장 선생님으로 퇴직했다.

그러나 아무리 열심히 살았어도 나이가 96살쯤 되니 치매가 찾아왔다. 치매 어르신 대부분은 자기 사물함에 돈을 넣어 놓았는데 없어졌으니 찾아내라는 식으로 떼를 쓴다. 요양원에서는 개인 사물함에 돈을 넣어 둘 수 없다. 입소 때 보호자와 어르신 모두에게 돈이 있으면 사무실 직원에게 맡기라고 꼭 이야기한다. 정말 사물함에다 돈을 넣어 놓으면 없어질 수도 있기 때문이다. 치매가 걸리면 남의 냉장고를 열어 있는 대로 먹어 버리는 경우도 있다. 그래서 입소 때부터 이 부분을 철저히 교육한다.

N 어르신이 내가 있는 방으로 엉금엉금 기어서 들어왔다. "여기 왜 오셨어요?"라고 물으니, 어르신은 "명절도 다가오고 추석 쇠려고 은행에서 2,000만 원을 찾아와서 사물함에 넣어 놓는데 감쪽같이 없어졌다."는 것이었다. 손자들에게도 몇 푼씩 주려면 돈이 있어야 하는데 큰일 났다는 것이다.

나는 같이 찾아보자고 했다. 방에 가서 기다리라고 했다. 그러자 어르신은 방바닥에 드러누우면서 "나는 못 간다, 내 돈 줘야 간다."고 하는 것이다. 마치 정말로 돈을 맡겨 놓은 것처럼 이야기했다. "어르신, 이러지 말고 방에 가서 기다리면 내가 없어진 돈 2,000만 원을 한번 찾아볼게요?"라고 했다. 그래도 막무가내였다. "내가 어떻게 번 돈인데. 내 돈 내놔라. 내 돈 내놔."

N 어르신은 자기 돈 2,000만 원을 가져간 사람이 수시로 바뀌었다. 맨 처음에는 자기 방의 담당 요양보호사가 청소하면서 자기 사물함을 열고 가져갔다고 하다가, 그다음에는 간호사가 자기 방에 와서 가져갔다고 하다가 이제 시설장인 나에게 와서 돈을 내어놓으라고 야단을 치신다. 돈, 돈, 돈, 평생을 돈 벌기에 전념

한 N 어르신 치매가 왔어도 돈에 대한 집착이 심하다.

N 어르신이 우리 시설에 들어온 지가 5년이 되었다. 3번이나 나갔다가 다시 왔다. 청송 산골에 빈방이 하나 있었는데 그곳에 가서 혼자 밥을 지어 먹고 살았다. 딸이 보니 너무 불안하여 우리 시설에 입소시킨 것이다. 그래도 전화기가 있어서 딸과 수시로 통화하고 불평과 불만을 늘어놓는다.

내가 요양원을 운영하면서 가장 힘든 어르신을 말하라면, 당연히 이 N 어르신을 꼽을 수 있다. 툭하면 시설장이 있는 방에 들어와서 말을 몇 마디 해보고 자기 요구대로 되지 않으면 바닥에 드러누워 팔과 다리를 흔들어 버린다.

심한 치매이니 직원들에게 잘 달래서 모시라고 했다. 선생님들은 근무할 때 N 어르신을 휠체어에 모셔서 옆에 계시게 하고 다른 일을 처리한다. 담당 간호사 말에 따르면 N 어르신이 요즘 "나도 일을 할 수 있으니 간호사로 취직시켜주면 열심히 일하겠다."고 떼를 쓰신다고 한다. 휠체어에 앉아서 말이다.

올해 101살이신 이 어르신은 도움이 필요한 분이다. 건강하시고 오래오래 사시기를 바랄 뿐이다. 이 어르신도 언젠가는 영원히 안식할 수 있는 집으로 돌아가야 한다. 아픔과 고통과 분쟁이 없는 영원한 천국으로 말이다.

이 어르신을 편안하게 해 드려야 한다. 치매이니 온갖 말을 다 할 수 있다. 사시는 날까지 더욱 건강하게 보내시기를 소망한다.

S 어르신의 항변抗辯

한국 설화에 등장하는 '고려장'은 '일흔 살이 넘은 노부모를 지게로 둘러메어 산속 깊은 곳에 버리고 오는 풍속'이다.

아버지와 아들이 노모를 지게로 둘러메고 산속에 노모를 버린 채 내려오고 있었다. 그런데 다시 지게를 들고 내려오는 아들에게 아버지가 "왜 지게를 다시 들고 오는 것이냐?"라고 물었다. 아들이 "저도 아버지가 늙으면 지게를 써야 하기 때문입니다."라는 답을 함으로써 큰 깨달음을 얻은 아버지가 다시 노모를 모시러 갔다. 그때부터 고려장 풍습이 없어졌다고 한다.

"야! 이놈들아, 너희들이 이 엄마를 요양원에 갖다 버려! 왜 나를 이곳에 버렸나? 너희들을 얼마나 힘들게 키웠는데 나를 버리

다니!"

분노에 찬 목소리다.

"나는 집에 간다. 당장 나를 데리고 가거라. 야! 이놈들아."

문 밖에 가족이 없는데도 S 어르신은 혼자서 고함을 지른다. 요양원 문 입구에서 괴나리봇짐처럼 싸서 집에 간다고 문을 붙잡고 있다. 요양원에 입소한 지 얼마 되지 않아 적응하지 못해서 생긴 일이다.

S 어르신은 30대 초반에 혼자가 되었다. 특별한 자격이라든지 뚜렷한 기술이 없어 생계를 위해 시장 노점에서 메밀묵을 팔아 남매를 키웠다. 재혼하자는 사람도 있었지만, 다 뿌리쳤다. 남편 없이 두 남매를 키우기는 여간 힘든 일이 아니었다. 재산이 있다거나 넣어둔 보험이라도 있었으면 힘이 되었겠지만, 있는 것이라곤 남편이 죽을 때 남기고 간 빚뿐이었다.

그러다 보니 사업을 하려고 해도 기본 밑천이 없어서 시장 모서리에 작은 플라스틱 의자를 몇 개 놓고 메밀묵을 만들어 팔았다. 새벽부터 일어나 메밀묵을 만들고 함지박에 담고 머리에 이고 와서 팔았다. 꿈이 있다면 아빠 없는 두 남매를 잘 키워서 좋은 배우자를 만나게 해 주는 것이었다.

"아저씨 문을 열고 나를 택시 좀 태워주소. 집에 가게요."

사실 S 어르신은 갈 집도 없다. 치매 환자이기 때문에 아직도 옛날에 살던 집이 그대로 있다고 생각한다. "지금은 몸이 아파서 못 가시니 좀 더 몸이 낫거든 집에 모셔다 드리겠습니다."라고 하지만 아랑곳하지 않고 오직 집에 간다는 데만 집착해 있다.

노인 요양원은 '치매·중풍 등 노인성 질환 등으로 심신에 상당한 장애가 발생하여 도와야 하는 노인을 입소시켜 급식·요양과 그 밖에 일상생활에 필요한 편의를 제공함을 목적'으로 하는 시설이다. 몸이 불편하여 어르신 스스로 일상생활을 하실 수 없는데도 불구하고 누군가의 도움을 받지 못하는 경우 요양원에 입소하게 된다. 도움을 받지 못한다고 함은 도움을 주어야 할 가족이 없고 있더라도 생계 활동 등으로 바빠서 모실 수 없거나, 집에서 모시기에는 벅찬 질환이 있고 전문적인 케어를 받고자 하는 경우이다.

집에서 모실 수 없는 사정으로 가족 간에 많은 갈등을 겪다가 요양원에 들어오시는 분도 많다. 이때 대부분의 보호자는 부모님을 집에서 모시지 못하고 요양원에 입소시키게 된 점에 대해 죄책감을 느낀다고 한다. 반면, 어르신들 또한 '내가 고생해서 키워 놨더니 이것들이 나를 요양원에 갖다 버렸다.'고 하는 배신감으로 입소 초기에는 매우 분노하신다.

　요양원은 어르신들의 안전과 편안한 생활을 위하여 건강보험 공단의 지침 준수는 물론, 창의적인 노력을 많이 한다. 요양원의 운영 방침은 어르신의 관점에서 생각하고, 모든 초점을 '어떻게 하면 어르신이 편안한가?'에 둔다. 모시기가 어려운 어르신들도 많고, '나는 입소 비용을 내니 너희는 모든 걸 다 해야 한다.'고 노골적으로 말하는 까칠한(?) 보호자도 많다. 서운한 것은 사실이지만 마음에 담아 두지는 않는다. 어차피 정성을 다할 것이니까.

Y 여사의 휴대전화

오늘도 Y 여사는 휴대전화를 주머니에 넣고 있다. 어르신을 모시는 요양원에서 요양보호사가 근무 중에 전화기를 주머니에 넣고 일한다는 것은 이해가 가지 않는다. 나는 가끔 전체 조회 때 직원들이 모인 자리에서 이런 이야기를 했다.

"여러분이 자녀들을 학교에 보낼 때 연구 수업에 참석해 보신 경험이 있지요. 학부모들이 교실 뒤에 앉아서 열심히 선생님의 수업 광경을 지켜보고 있는데, 수업하는 선생님이 깜빡 잊고 주머니에 넣어 둔 휴대폰에서 신호가 울려, 당황하며 수업을 잠시 멈추고 통화하는 모습을 보았다면 여러분들은 그 선생님을 어떻게 생각하시겠습니까? 선생님으로서 기본을 못 갖추었다고 말하겠지요. 학생들을 열심히 가르쳐야 할 시간에 통화하는 그 모습과 여러분들이 어르신 모셔야 할 시간에 휴대전화 통화를 하는 것에 다른 점이 무엇이겠습니까?" 개인적인 통화는 될 수 있는 대로 휴식 시간을 이용해야 한다고 강조한다.

그런데 Y 여사에게는 다른 직원과는 달리 항상 주머니에 전화기를 넣어 두었다가 전화벨이 울리면 즉시 받으라고 허락했다. 그렇게 하면 같은 직원들끼리 형평성의 문제에서 어긋나는 것이 아니냐고 말하는 사람이 있을 줄 안다. 하지만 Y 여사에게는 그럴 만한 이유가 있다.

Y 여사의 남편은 의처증에 걸려 있다. 그래서 그런지 Y 여사는 표정이 어둡고, 무겁다. 식구가 5명 있지만, 경제 활동을 하는 사람은 Y 여사뿐이다. 그러니 비가 오나 눈이 오나 항상 열심히 일해야 한다.

의처증, 의부증 증상을 보이는 사람의 상대인 배우자, 연인들은 대부분 극심한 고통과 공포심을 갖게 되며 그로 인해 이별, 이혼, 이마저도 안 될 때는 극단적인 선택까지 한다고 한다.

어느 날 Y 여사의 남편에게서 근무 중에 전화가 왔다. Y 여사는 어르신을 돌보느라고 전화를 즉시 받지 못했다. 수십 통의 반복 전화가 온 흔적들이 남았다. 급기야는 남편이 아내의 직장으로 찾아왔다. 새파랗게 질린 표정으로.

그런 일이 있고 난 뒤부터 Y 여사에게 항상 전화기를 사용하도록 허락했다. Y 여사 가정의 평화를 위해서.

요양원을 운영하면서 가장 힘든 것이 있다면 바로 '낙상 사고' 발생이다. 어르신들은 나이가 많기 때문에 몸속에 있는 칼슘이 거의 빠진 상태이다. 뼈가 비스킷 과자처럼 잘 부러진다. 그래서 넘어지면 반드시 골절 사고가 일어난다. 골절 사고 중에도 대퇴부(넓적다리)가 골절되면 치명적이다. 사람의 몸을 지탱하는 넓적다리가 골절되면 반드시 수술해야 하고 그렇지 않으면 사망에 이른다. 한눈판 사이에 치매 어르신이 넘어지면 넓적다리가 골절될 수 있다. 넓적다리 접착 수술에도 수술비가 몇백 이상 들고 까다로운 보호자를 만나면 간병비까지 부담할 수 있어 참으로 힘들어진다.

낙상사고 방지를 위해서 요양원에서는 복도와 목욕탕, 화장실, 거의 모든 곳에 안전 손잡이가 설치되어 있고, 화장실에도 미끄럼 방지 매트, L자 손잡이가 설치되어 있다.

무엇보다도 안전이 우선이고 한눈팔지 않고 어르신 돌보는 것에 많은 주의가 필요하다. 모든 사고가 그렇듯이 낙상 사고도 눈

깜짝할 사이에 일어난다.

　어르신들을 모심에 있어 주의를 기울이는 것은 아무리 강조해도 지나치지 않다. 근무 중에 휴대전화 사용하는 것도 중요하지만, 항상 어르신 옆에서 함께하는 마음가짐이 더 필요하다.

고물 장수 아저씨

우리나라가 70여 년 전 6·25사변으로 잿더미가 되었을 때 세계 여러 나라로부터 많은 도움을 받았다. 옥수숫가루도 원조로 얻어 먹고, 외국인들이 입던 헌 옷도 얻어와 우리가 입었다. 그렇게 폐 허가 된 나라가 70여 년 동안 열심히 노력하고 개발에 앞장서서, 이제 세계 10위권의 경제 대국이 되었다. 그때 모든 국민이 열심 히 일한 덕분임이 틀림없다.

이제 우리나라가 외국을 많이 돕는다. 특히 선교 부분에서 우리 나라가 외국에 많은 선교사를 파송하는 것으로 알고 있다.

선진국의 대열에 들어선 것은 좋다. 그런데 6·25사변의 어려움 을 겪어보지 못한 많은 사람이 자원의 귀중함을 모르고 있다. 아 파트의 재활용품 수집소에 가 보면 산 지 1년밖에 안 된 멀쩡한 선풍기며, 청소기 등 전자제품들이 많이 버려져 있다. 깨끗이 수리하면 다시 쓸 수 있는 것들을 마구 버리니 안타까울 뿐이다.

선풍기를 한 대 주워 와서 부품을 분해하여 깨끗이 청소하니 새 선풍기가 되었다. 출고한 지 2년밖에 안 된 유명 회사 제품이다. 전기나 전자제품은 10년 이상은 거뜬히 쓸 수 있다. 요즘 보면 알뜰하게 청소하여 다시 쓰기보다는 1회 용품처럼 적당히 쓰고 버리는 젊은이들이 많다. 청소기도 하나 주워 와서 전기 코드를 꽂아 작동시키니, 소리가 약간 날 뿐 작동이 잘 되었다. 누군가 필터에 쌓인 먼지만 청소하면 쓸 수 있는 것을 버렸다. 선풍기도 다시 사려면 몇만 원을 줘야 하고, 청소기는 20만 원 가까이 한다.

나는 요양원을 경영하면서 시설장을 맡고 있다. 시설장이라고 결재만 하는 것이 아니라 전기용품이며 보일러, 심지어 화장실 변기까지 교체하여 수리한다. 대중목욕탕을 십 년 동안 운영해 본 경험이 있어서, 그때 어깨너머로 배운 기술이다.

내 방은 직원들을 상담하고 손님들을 맞이하는 장소이지만, 장식장의 서랍에는 망치며, 톱이며, 각종 공구가 가득 차 있다. 시설이 고장 나면 즉시 수리하기 위해서다.

아내는 나에게 '고물 장수 아저씨'라 한다. 전기시설이며 보일러며 타일까지 수리하고, 물건이 고장이 나면 다시 사는 것이 아니라 고쳐서 쓴다. 점검하고 고치기 위해 항상 내 주머니에 드라이버를 넣고 다닌다.

나에게도 물건을 고쳐 쓰는 이유가 있다. 이렇게 절약한 돈을 직원들의 복지에 쓸 수 있기 때문이다. 해마다 근무 성적이 우수한 직원을 뽑아 절약한 그 돈으로 해외여행을 보내준다. 8년째 그 사업을 하고 있다.

분기별로 근무 성적을 내 뽑힌 성적 우수자에게 시상한다. 상장과 얼마간의 상금을 지급한다. 직원들의 사기진작을 위해서다. 이런 여러 가지 이유로, 우리 시설에는 오래된 직원이 많고 그들이 주인 의식을 가지고 더 열심히 일한다.

1년 동안 최우수 직원으로 뽑힌 직원 1~2명에게는 3박 4일 동안 동남아 여행 기회를 준다. 덕분에 직원들을 모집해도 다른 업소보다 희망자가 더 많이 모인다. 지금처럼 코로나로 해외여행이 힘들 때는 그에 상응하는 여행 경비를 현금으로 지급한다.

사실, 요양시설에서 어르신들을 돌보는 사람들은 해외 여행하기가 힘들다. 돈도 돈이지만 며칠을 쉬기가 더 힘들기 때문이다. 어떤 대기업은 직원 복지를 위해서 명절 때 전체 회사의 전원을 끄고 직원이 모두 다 며칠간 쉰다고 한다. 그러나 요양시설은 그렇게 할 수 없다.

요양보호사는 봉사 정신이 필요한 직종이다. 명절날인데도 쉬지 않고 치매 어르신들을 돌보며 열심히 일하는 직원들을 존경하고 사랑한다. 누가 나에게 가장 존경하는 애국자가 누구냐고 물으면 나라를 지키며 열심히 근무하는 군인들도 애국자이지만, 명절날도 쉬지 않고 치매 어르신들의 기저귀를 갈아주며 열심히 일하는 우리 직원들이 애국자라고 말하고 싶다. 이들을 존경하고 사랑한다.

긴병에 효자 없다지만

어버이 살아신제 섬기기를 다하여라
지나간 후면 애달프다 어이 하리
평생에 고쳐 못 할 일은 이뿐인가 하노라

이 시조는 송강 정철이 강원도 관찰사로 재직하던 시절에 쓴 시
조이다. 부모에게 효도하자는 이야기이다. 아주 옛날이야기 같지
만, 효도는 아무리 잘해도 지나치지 않다. 흔히 긴병에는 효자가
없다고 말한다. 우리가 자녀를 키울 때를 생각해 보자. 부모님은
밥을 못 먹어도 자식에게만은 밥을 먹였다. 혹시 몸이 아파 장기
가 필요하다면 부모님은 망설임 없이 자기 장기를 떼어 자식에게
이식해 준다.

그렇게 금이야 옥이야 하고 키운 자녀들, 우리 부모들은 자녀들을 위해 많은 헌신을 해 왔다. 나는 어르신들을 모시는 요양원의 시설장을 맡고 있다. 부모님을 정성스럽게 모시는 자제들도 많다. 그러나 어떤 자녀들이 부모님을 대하는 태도를 보면 섭섭함을 금할 길 없다. 부모님이 감기가 드셔서 병원에 간다고 하여도 돈 1,500원이 아까워 허락해 주지 않는 경우도 있다. 만약 자기 자식이 그렇게 되었어도 같은 잣대를 들이대겠는가? 가정적인 어려움도 있겠지만, 돈이 든다면 무조건 반대하는 보호자도 있다. 돈도 많이 들고 힘들다는 생각만 하지 말고, 어릴 때 온 정성을 다해 키워주신 부모님을 생각해야 한다.

　우리 시설에 96세 드신 할머니가 있다. 그분에게는 두 아들이 있다. 두 아들은 회사와 교직 생활을 정년퇴직했다. 두 형제는 몇 년 동안이나 꼭 점심시간과 저녁 시간이 되면 같이 와서 어머니 밥을 떠먹여드린다. 그리고 어머니를 물수건으로 닦아 드린다. 하루도 빠지는 날이 없다. 참으로 의좋게 와서 어머니를 극진히 모신다. 나는 이분들에게 효도를 배운다.

　코로나로 인해 사회질서가 무너지고 있는 이때, 효의 개념도 무너지고 있는 경우가 많다. 요양원을 경영하면서 참으로 섭섭한 것은, 우리 부모님들이 자신이 가진 생명은 끝까지 지키도록 해드려야 되는데 인위적으로 생명을 마치게 하는 것이다. 더 살 수 있는데 어떤 조건 때문에 생명을 마치게 하는 것은 살인 행위와도 같다. 꽂혀있는 콧줄을 뺀다든지 링거주사를 중단시키는 것, 밥을 중단시키는 것이 이에 속한다.

한번은 보호자와 상담하는 도중에 보호자가 하는 말씀이 "시설장님은 다 좋은데 어르신들을 너무 오래 살게 하는 건 좋지 못한 것입니다."였다. 보호자의 어려운 형편을 이해는 하지만, 내 주장은 다르다. 나는 어떤 경우에라도 인간의 목숨을 인위적으로 단축하는 것에는 반대한다. 어르신들이 입으로 음식을 못 드실 때는 코에다 작은 줄(관)을 끼워 음식을 드시게 할 수 있다. 그렇게 하면 생명을 더 연장할 수 있다.

알면서도 모르는 척하기에는

어느 교사가 수업 시간에 고구려의 명장 을지문덕乙支文德에 대해 설명하고 있었다. '을지' 하는데 수업을 마치는 종이 울려서 "얘들아, 문덕은 다음 시간에 하자."라고 했다는 이야기가 있다. 그저 웃으려고 한 이야기이겠지만 의미하는 바는 크다. 아무리 시간이 부족하더라도 '을지'와 '문덕'을 떼어 놓을 수는 없다. 성과 이름을 떼어 놓으면 안 되듯이.

우리나라 근로기준법에 따르면, 근로자는 하루에 8시간을 일해야 한다. 여기에다 1시간의 휴게시간을 넣으면 직장에 있는 시간은 하루에 9시간이 된다. 대부분의 사람은 이 근무 시간 동안에는 열심히 일하고, 퇴근 시간이 좀 지나도 하던 일은 마무리하고 퇴근한다. 그런데 일부 근로자들은 일하다가 퇴근 시간이 되면 하던 일을 팽개치다시피 하고 퇴근해 버린다.

자동차 부속품을 모조리 빼 수리하다가 퇴근 시간이 되었다고 그냥 두고 퇴근해 버리면 빼어 놓은 부속품을 분실할 수도 있고, 다음 날 와서 처음부터 다시 시작해야 한다.

재래시장에 가서 물건을 살 때도 저울로 얹어 딱 맞게 주는 것보다는 약간 덤으로 더 주는 데 익숙해 있다.

많은 사람을 고용하여 회사를 운영하다 보면 여러 종류의 사람들을 만나게 된다. 구인광고를 내서 입사 희망자를 면접하다 보면 참으로 웃음이 나오는 일들을 많이 볼 수 있다.

어떤 사람들은 직장 사냥을 하듯이 이 직장 저 직장을 한 달 내지 두 달씩 근무하여 이력서가 빡빡하게 적혀 있어야 하는데도, 그것을 다 빼버리고 한두 군데만 적어서 제출하는 경우도 있다. 1주일만 근무하고 1주일분의 급료만 받았어도 그 이력은 고스란히 남게 된다. 그것은 마치 어떤 부부가 결혼하여 혼인 신고하고 1주일 살다가 헤어졌어도 그 이력이 꼭 남는 것과 같다. 본인들은 이곳저곳으로 돌아다녔어도 두 군데만 적으면 기업주들은 그렇게 알고 있으리라는 생각은 큰 오산이다. 거짓 이력은 때에 따라서 해고의 사유가 될 수 있다.

우리는 살아가면서 거짓말을 종종 하게 된다. 거짓말을 하면 남에게 피해를 줄 수 있다. 거짓말을 해 남에게 피해를 줬다면 반드시 책임을 져야 한다.

　장기요양의 경우 법이 더 까다롭다. 하루 8시간씩 일하고 주 5일을 근무하여, 한 달간 통계를 낸 것이 월 기준 근무시간이다. 적게는 160시간에서 많게는 184시간이다. 이 중 한 시간만 부족해도 많은 금액을 건보공단에서 감산한다. 그렇기 때문에 이 시간을 준수하지 않으면 엄청난 금액을 손해 보게 된다.

　한번은 우리 직장에서 조리사 구인 광고를 냈다. 그래서 이력서와 경력들을 보고 1주일 후부터 일하기로 했다. 신체검사와 경찰서에서 범죄 확인 조회, 노인 학대 여부 확인서를 발급받았다. 1주일 후 출근하기로 한 날 9시가 넘어도 출근하지 않아 전화해 보니 부모님 상을 당해 장례 지내고 1주일 후에 출근하겠다고 했다. 사실 좀 미심쩍었지만 부모님이 돌아가셨다고 하니 다른 말을 할 수가 없었다.

　회사를 운영하면서 수년 전에 돌아가신 부모님을 두 번 세 번 돌아가셨다고 이야기하는 경우를 몇 번 겪었다. 이유를 붙이려고 해도 붙일 수가 없으면 수년 전에 돌아가셔서 땅속에 묻힌 부모님을 다시 한 번 더 돌아가셨다고 이야기하는 것이다. 나의 의심은 정확하게 적중되었다. 1주일 후에도 출근하지 않고 전화까지 꺼놓은 상태였다.

서울의 명문대학을 졸업하고도 취직이 어려울까 봐 고등학교 졸업으로 속인 여직원들도 여러 명 있었다. 법대로 하면 허위 이력서 작성으로 해고할 수도 있다. 알면서도 모른 척하기에는 너무나 답답하다.

영천댁 어르신과 휴대전화

영천댁 어르신은 우리 시설에 입소한 시설 3등급인 어르신이다. 부양 의무자가 없고, 소득 인정액이 최저생계비 이하인 사람을 '기초생활수급권자'라 하며 국가에서 그 비용 전액을 지원한다.

영천댁 어르신은 기초생활수급자이며 알츠하이머병을 앓고 있다.

알츠하이머병은 뇌세포의 퇴화로 기억력을 비롯하여 여러 가지 인지기능이 점차 저하되면서 일상생활의 장애가 발생하는 만성 뇌 질환인데 전체 치매 환자의 55~70%를 차지한다고 한다.

영천댁 어르신의 표정은 인생의 고된 풍파를 거쳐 굽이굽이 협곡을 걸어온 사람의 것이다. 85세의 연세로 95kg의 육중한 몸매를 자랑하고 있다. 이분을 처음 보았을 때, 마치 씨름선수나 레슬

링선수를 연상케 했다. 힘도 세고 대식가이다. 사소한 일로 심하게 분노를 나타내는 분이셨다.

처음 입소할 때부터 휴대전화를 신줏단지처럼 소중히 생각하는 분이셨다. 그래서 항상 목에다 걸고 다니셨다. 요양 시설에서는 치매 환자에게 개인 휴대전화 사용을 제한하는 편이다. 그것은 보호자를 보호하기 위해서이다. 만약 휴대전화를 사용하게 한다면, 밤 2시고 밤 3시에 시도 때도 없이 사용할 것이다.

입소 상담 때부터 휴대전화 사용을 제한한다고 했다. 그런데 이 보호자(막내딸)는 재가센터에서도 계속 휴대폰을 사용해 왔고 어머니는 휴대폰을 신줏단지처럼 생각하고 있기 때문에 사용하게 해 달라고 사정했다. 할 수 없이 보호자의 건의를 수용하기로 했다.

보통 환자가 시설에 입소하게 되면 1주일 정도의 적응 기간이 필요하다. 잠자리가 달라지고 침대가 달라졌으니 어떤 분은 상당히 오랜 적응 기간이 필요하다. 영천댁 어르신도 처음에 입소할 때 옷 보따리를 여러 번 싸서 집에 간다고 출입문 입구에 오랫동안 서 있었다. 자기 집에 간다고 하지만 사실은 집이 없는 분이다. 이분은 또한 상당히 무절제한 분이셨다. 휠체어를 타고 이 방 저 방 다니면서, 다른 어르신의 냉장고를 열어 마치 자기 것인 양 이 것저것 마시곤 했다. 그래서 직원회의 석상에서 이 어르신 문제가 여러 번 거론된 적이 있었다.

목욕할 때나 기저귀를 교체할 때 95kg의 육중한 체중 때문에 요양보호사 두 사람이 붙어도 일을 처리하기가 힘들고 땀을 뻘뻘 흘려야 했다. 조회 때마다 이런저런 이야기가 흘러나오고 다른 시설로 보냈으면, 하는 의견까지 나오곤 한다.

"안 됩니다. 좀 위중한 환자라고 다른 병원으로 옮기고 쉬운 환자만 골라서 입소시킨다면 어떻게 되겠습니까?"

시설장의 단호한 말에 그런 이야기는 더 나오지 않았다.

그러다가 또 다른 문제가 발생했다. 영천댁 어르신이 신줏단지처럼 소중히 여기던 휴대전화로 딸에게 새벽 2시고 3시고 시도 때도 없이 전화했다. "머리가 아프다." "무엇이 먹고 싶다."라고 전화하여 따님도 어머니 때문에 지쳐 있었다.

이 어르신은 4인실을 사용했다. 그런데 함께 계시는 세 분 어르신들과 충돌이 벌어졌다. 자기 사물함에 넣어 놓은 돈 십만 원이 없어졌는데, 분명히 옆의 어르신이 가져갔다는 것이다. 그래서 옥신각신 다투다가 휴대전화로 112에 신고하여 밤 8시에 경찰관이 출동했다. 어르신의 사물함에는 현금이나 귀중품은 보관할 수 없고, 있다면 반드시 사무실에 맡겨 놓아야 한다.

항상 문제를 일으키는 사람은 또 다른 문제를 일으키기 마련이다. 더는 휴대전화로 인한 문제를 방치할 수 없어 보호자와 상담

했다. 어르신이 휴대전화에 집착력이 심하니, 휴대전화기는 그냥 두고 고장 난 충전기를 드리자고 합의했다.

며칠 후 영천댁 어르신은 자신의 휴대전화를 사용할 수 없으니, 사무실에다 자기 딸에게 전화하여 어머니에게 와서 보따리 하나를 받아 가라고 했다.

어르신 식사 시간에 담당 요양보호사는 그 보따리를 점검했다.

보따리 속에는 시설에서 사용할 새 기저귀, 수건, 치약, 비누 등이 가득 들어 있었다. 요양원에서 보관해 둔 것을 몰래 챙겨서, 퇴소하고 나서 쓸 물건이라 했다.

요양원의 점심시간

　누구나 기다려지는 시간이 점심시간이다. 오늘 메뉴는 무엇인가? 우리 시설에는 꼭 점심시간마다 따라 나오는 메뉴가 있다. 풋고추와 된장이다. 반찬이 5가지 나오는데 풋고추와 된장이 추가된다. 누구나 좋아한다.

　올해도 풋고추 모종 200포기를 사 와서 옥상 텃밭에 심었다. 퇴비도 주고 흙을 많이 넣어 잘 자라게 했다. 20리터짜리 물통 수십 개를 주워 와 빗물을 저장한다. 옥상에서 빗물이 내려오면 큰 플라스틱 통에 담아 받아두고 이것을 20리터짜리 말 통에다 저장한다. 그리하여 고추밭에 물을 준다. 그러니 고추가 더 잘 자란다. 20리터짜리 물통 100여 개면 거의 1년 동안 사용할 수 있다. 비료와 농약을 거의 사용하지 않고 무공해로 키운다.

10여 년 전에 포클레인으로 7층 옥상에 많은 흙을 넣었다. 정성스럽게 키워서 점심시간마다 고추를 한 광주리씩 따와서 마음껏 먹는다. 맵지 않은 품종이다. 또 옥상에 매실나무 8그루를 심어 상당한 매실을 수확했다. 매실 진액을 많이 만들어 식당과 직원들에게 선물을 주고 있다. 어떤 해에는 고구마를 심어 수확하여 저장해 놓았다가 어르신들의 간식으로 사용한 적도 있다.

옥상은 나의 텃밭이다. 올해는 대파를 많이 심어 어르신 반찬 만드는 데 쓰려고 한다. 아침 6시에 요양원에 출근하여 어르신들과 직원들에게 인사하고 옥상에서 일하기 시작한다. 바닥 면적이 약 200여 평 되니 제법 일거리도 많다. 잡풀도 많이 나고, 올해는 가물어 농사짓기가 힘들었다. 하루에 두 번씩 물을 줄 때도 있다. 뜨거운 시멘트 바닥이 열을 받아 웬만큼 물을 주어서는 식물들에 전달되지 않는다.

수십 년 동안 고추 농사를 지었다. 밭이 없을 때는 플라스틱 통에다 고추 몇 포기를 심어서 수확해서 먹었다. 예컨대 우리 아버지가 고추 농사를 지어서 그것으로 우리 학비를 쓸 수 있었다.

어떤 해에는 고구마 농사를 많이 지은 적이 있었다. 새로 산 아파트 옆 공터 200평에 고구마를 심었다. 아파트 옆이라 사람들이 빈 가구나 여러 가지 폐기물을 버리곤 하였다. 그래서 생각한 끝에 이 땅에다 고구마를 심어 키우면 사람들이 폐기물을 덜 버릴 거라고 생각했다. 그래서 돈을 주고 경운기를 빌려 밭으로 만든 후, 퇴비를 많이 넣고 고구마 줄기를 사다 심었다.

고구마가 무럭무럭 자랐다. 고구마를 수확하여 조금씩 비닐에 담아 우리 아파트 주민에게 나누어 주었다. 이웃에 사는 분들에게 고마운 마음으로 고구마를 나누어 주었는데, 부담을 느끼는 가정도 있었다.

6시에 직장에 출근하는 것은 오랫동안 직장 생활하면서 얻어진 습관이다. 아침 일찍 조용한 시간에 와서 일하면 능률이 더 많이 오른다. 그리고 조용한 시간에 자연과 대화할 수 있어서 좋다. 사람들은 때에 따라서 거짓말을 하지만 자연은 언제나 정직하다. 자연은 항상 뿌린 것만큼 거둘 수 있다. 이런 자연 속에서 위로받을 때가 많다.

사람들은 남을 속이기도 하고 배신하기도 하는데 식물은 참으로 정직하고 거짓말을 하지 않는다. 나는 자연 속에서 많은 것을 배운다.

장기요양 평가 A등급

　　요양원을 운영하면서 참 힘든 일이 하나 있다. 3년마다 실시하는 장기 요양 평가이다. 학생들은 시험 치를 때가 가장 힘들다고 한다. 평소에도 잘해야 하지만 평가 때 더욱 잘해야 한다. 그래서 평가 기간이 되면 다들 긴장한다. 어떤 것은 외우고, 기록할 건 기록하고 다들 분주하다. 학생들이 열심히 공부하여 다들 A학점을 원하듯이 장기 요양 평가에서도 A학점을 원한다. 그런데 수많은 일들을 하다 보면 어떤 것은 빠지기도 하고 어떤 것은 잘못 기록하기도 한다. 평가 점검자들은 참으로 잘못된 곳을 타의 추종을 불허할 만큼 잘 잡아낸다. 평가가 잘되면 상을 받지만 잘못되었을 경우에는 재평가 받아야 한다. 하위 평가가 되었을 때는 이것을 공개하고 많은 불이익을 받게 된다. 결국 시설이 폐쇄되기도 한다.

  어느 한 사람만 잘하면 되는 것이 아니고 전체가 다 잘해야 한
다. 우리는 모두가 몇 개월 전부터 긴장해 있었다. 어떤 것은 프린
트해서 외우고 또 서류 전체를 점검하고 밤늦게까지 앉아서 서류
를 확인하였다. 마치 기말고사를 앞둔 학생들처럼 모두가 긴장해
있다. 개인 한 사람 한 사람이 외울 것은 다 외웠는지 일일이 확인
하였다. 평가 날짜는 미리 공개하는 것이 아니라 일주일 전에 통
보한다. 그러니 언제 평가할지 모르고 전체 직원들이 대기하고 있
다. 시설 도배도 새로 하고 손잡이며 비상등이며 시설 하나하나
를 세심하게 점검할 필요가 있다. 세 사람의 평가자들이 온다고
했다. 서류를 점검 확인하는 두 분, 안전시설을 둘러보고 어르신
들과 직원을 면담하는 한 분이 오신다고 했다. 시설장인 나도 계
획을 세우고 차분하게 준비했다. 3년 전의 서류도 함께 점검하고
하나하나를 세심하게 준비하였다.

  물론 어르신들을 정성스레 모시고, 식사를 대접하며 어느 하나
도 소홀함이 없도록 준비시켰다. 우리 시설에 입소해 있는 마흔
아홉 분의 어르신들은, 거의 다 돌아가실 때까지 이곳에 계신다.
이분들은 젊을 때 대부분 고생고생하며 살아오신 분들이시다. 일
제 강점기를 비롯해 6.25 사변의 격동기 속에서 헐벗고 굶주린

시대를 겪었던 분들이다.

이때까지는 평가기준보다 어르신들을 편안하게 모시고 양질의 음식을 대접해 드리며 어르신들의 인격을 존중해 가는 식으로 모셔 왔다. A등급을 받지 못한다 하더라도 말이다.

우리 요양원은 김치를 직접 담아서 먹는다. 국산 고춧가루와 국산 양념을 사서 김치를 담으니 돈이 상당히 들어간다. 그리고 쇠고기도 식육점에서 국산을 사니 비용이 더 많이 든다. 어르신들도 국산 김치와 중국산 김치의 맛을 잘 안다. 어르신들이 김치를 드시고 맛있어하는 모습을 보고 기쁨을 느낀다. 돈이 좀 더 들어가더라도 말이다.

평가 날짜가 지정되었다는 통보가 왔다. 모든 것을 중단하고 평가 점검에 몰입하였다. 평가를 진행하시는 분들도 평가하기 전에 이 시설은 A를 받을 수 있는 시설이라는 것을 잘 안다.

직원들에게 차분하게 있는 그대로를 보여 주자고 했다. 평가자들은 잘했기 때문에 3점, 좀 부족하기 때문에 1점, 이런 식으로 점수를 알 수 있다. 채점자들도 기쁜 마음으로 채점을 할 수가 있었다.

흡족하게 A등급을 받을 수 있었다.

오늘은 전 직원이 회식하는 날이다. 고기를 구워 놓고 지난날을 회상하며 이들에게 감사를 전한다.

요양원의 현지 조사

장기 요양시설을 운영하다 보면 참으로 무서운 사람들이 있다. 자다가도 깜짝 놀라는 일이다.

장기 요양시설에 대한 현지 조사이다. 대부분 현지 조사를 받은 사람들의 이야기를 들어 보면 95% 이상이 뭐가 적발되면 몇천만 원 또는 그 이상의 돈이 부과된다고 한다. 그래서 흔히 현지 조사단을 '장기 요양의 저승사자'라고 이야기한다. 왔다 하면 그냥 가는 법이 없고 상당액의 돈을 추징하고 마는 것이다. 요양원에 현지 조사가 나오면 한두 사람이 오는 것이 아니고 5~6명이 와서 5일 동안이나 샅샅이 조사한다. 돈이 장기 요양의 재무회계 규칙에 맞게 쓰였는지, 근무자들이 시간을 잘 지켰는지, 가산을 올바르게 받았는지를 세밀하게 조사하는 것이다.

우리 시설에도 현지 조사가 나왔다. 아침 일찍 구청의 직원 한 명을 앞세워 공단 직원 6명이 나왔다. 우선 시설장에게 현지 조사 허락 사인을 하라고 한다. 이들은 모두 철저하게 교육되고 훈련된 분들이다.

인사가 끝나자 뿔뿔이 흩어져 필요로 하는 서류들을 뽑아서 공단 사무실로 가져갔다. 직원 한 명 한 명을 따로따로 불러 조사했다. 표면적으로는 장기 요양을 올바르게 잡고 잘못된 돈의 흐름을 바로 잡는다고 말하지만, 사실은 시설장이 올바르게 운영했나를 조사하여 잘못된 곳은 그에 해당하는 과징금을 몇 배로 추징하는 것이다. 협회에서 이야기하는 것을 들어 보면 어느 요양원은 몇천만 원이 추징되었고, 또 어떤 요양원은 1억 2천이 추징되었다고 푸념하고 있다. 또 법령을 위반했는지도 철저히 조사한다. 시설 안은 마치 점령군이 한곳을 점령한 듯이 쥐 죽은 듯 조용하였다.

상당히 걱정한 일은 이미 1년 전에 퇴직한 직원들에게도 일일이 전화해 물어보는 것이다. 나도 마음이 조마조마했다. 현지 조사를 처음 받아 보는 것이라서 더 떨렸다. 우리도 어떤 것을 위반했는지, 또 어떤 것을 적발하여 몇천만 원을 추징할지도 모르겠다.

사실, 학교나 일반 관공서에서는 유리창을 1장 깼다면 1장을 즉시 갈아 넣으라고 말하지만, 건강보험공단에 적발되면 유리창 1장은 필히 갈아 넣어야 하지만, 그것을 신고하지 않았기 때문에 벌칙으로 5장을 변상하라는 식이다.

이튿날도 일찍 출근하여 이 서류 저 서류를 보자고 하였다. 이렇게 조사받던 5일째였다. 무척 긴장되고 피곤하였다. 조사팀장은 시설장인 나에게 마지막 날 시설 직인을 가지고 공단 사무실로 오라고 했다. 나는 마치 선고를 받으러 가는 죄수와도 같았다. 별별 생각이 다 들었다. 학교를 퇴직하고 연금이나 받고 조용하게 살지, 장기 요양시설 운영한다고 많은 과태료나 물고…. 떨리는 마음으로 마지막 날 오후에 차를 타고 장기 요양 사무실로 갔다. 사무실 안에는 갖가지 서류들이 마구 흩어져 있었다. 조사하느라고 마구 흩어 놓은 서류들이 그대로 있었다.

사무실 안에 들어가니 조사팀장이 나에게 차를 한 잔 주었다. 그리고 나서 이런 말을 했다.

"저는 원장님을 보니 너무 무섭습니다. 5일 동안 원장님 시설을 샅샅이 조사했는데 아무것도 나오지 않았습니다. 보통 저희가 100군데를 조사하면 95군데에서는 많은 허점이 나오는데 원장님 시설에서는 아무것도 나오지 않았습니다. 바르게 요양원을 운영해 주셔서 감사합니다."

사실 나는 요양원 운영에 최선을 다하고 있다. 아침 6시에 요양원에 출근하여 어르신 방에 가서 일일이 인사하고, 사무실에 가서 글을 쓰거나 다른 일을 한다. 직원들도 여러 어르신들도 여러 곳에 있어 봤지만, 우리 시설이 가장 행복하였노라고 이야기한다. 나도 "최선을 다해 모시자."고 항상 이야기한다.

어르신에게 드릴 김치도, 값이 싼 중국산 고춧가루와 중국산 마늘이 아닌 국산 고춧가루와 의성 마늘을 사서 젓갈도 넣어 직접 담근다. 고기도 수입산만 쓰는 것이 아니고 식육점에 가서 한우를 쓸 때가 많다. 한우 소뼈를 사다가 오랫동안 끓여 사태와 함께 어르신들께 드리니 참 좋아하신다. 어르신들은 우리 식당에서 해 주는 밥을 '집밥'이라고 하신다. 간식도 과자나 빵을 드리는 것이 아니라 가급적 싱싱한 과일을 드린다. 돈은 좀 더 들지 몰라도 내가 어르신에게 베풀 수 있는 사랑은 크다.

직원들도 그렇다. 우리 시설에는 오래된 직원이 많다. 1년에 한두 명씩 우수 직원을 뽑아 나흘 동안 해외여행을 보내기도 한다. 그 사업을 한 지가 8년이 되었다. 코로나로 인해 여행을 못 갈 때는 그에 상응하는 돈을 지급했다.

요양 시설은 간호사나 간호조무사가 2명만 있으면 된다. 우리는 4년째 전국의 5,000여 개 요양원 중에서 우수한 15곳에 선정되어 많은 금액을 지원받아 24시간 간호사가 근무하는 간호 전문 요양원이다. 그러니 우리 시설에서는 간호사 4명, 간호조무사 2명이 24시간 3교대로 근무한다.

우리는 올해 장기 요양 정기 평가에서 A등급을 받았다. 우선 건보공단으로부터 일정액의 상금도 주어지고, 대구시로부터 3년 동안 봉급 이외에 얼마간의 상금을 매달 지급받는다. 이 때문에 더 쉽게 직원들을 모집할 수가 있다.

내 마음에는 항상 50명의 치매 어르신의 얼굴과 37명의 직원의 얼굴이 새겨져 있다. 어르신들은 하늘나라 갈 때까지 나와 함께하는 분들이시다.

3
긁지 않은 복권

C 공인중개사

우리나라 최초의 법은, 고조선의 8조법금이다. 8개 조항 중 3개 조항이 중국의 『한서 지리지』에 기록되어 그 내용을 확인할 수 있다. ① 사람을 죽인 자는 사형에 처한다. ② 남을 다치게 한 자는 곡식으로 갚는다. ③남의 물건을 훔친 자는 종으로 삼되 만약 용서를 받으려면 돈을 내야 한다.

사람이 얼마 살지 않을 때는 법이 간단했다. 그러나 사람들이 많아지고 사회가 복잡하게 전개됨에 따라 여러 가지 법이 필요하다. 여러 사람이 살다 보니 분쟁도 많아졌고 서로 지켜야 할 법도 많아졌다. 집이나 토지를 매매하는 공인중개사도 지켜야 할 법이 있다. 집이나 토지를 소개할 때는 반드시 공인중개사법과 지침을 따라야 한다.

내가 사는 집은 40평대 후반의 집이다. 자녀들이 오고 손님들이 오면 집이 좀 좁았다. 이제 나이도 있고 하니 편리하게 살고 싶었다.

그래서 10평을 더 늘여 50평대 후반의 아파트를 사기로 했다. 나는 집을 사는 조건이 좀 까다롭다. 첫째, 집이 튼튼하고 이름 있는 건설 회사에서 집을 지어야 하고, 조망이 좋아야 한다. 바다가 보이거나 또는 강이 보여 앞이 탁 트인 집을 고른다. 마치 산에 힘들게 올라가 산꼭대기에 올라가면 사방이 탁 트인 것처럼 말이다. 그래서 이런 조망이 좋은 집은 가격이 더 비싸다. 비싸더라도 나는 이때까지 이런 집을 고집해 왔다.

아내가 평소 인사하고 지내는 공인중개사 소장을 만났다. 지금 사는 집을 소개했던 분이다. 사무실이 아파트 입구에 있어 집을 사러 그곳에 찾아갔다. 내가 제시하는 조건의 집은 없고 자기 집을 한번 구경시켜 주겠다고 했다. 가보니 전망 동이었다. 아파트 앞에는 몇만 평의 공원이 있고 그 앞에는 금호강이 흐르고 있고, 또 산이 가까이 있고 공기도 쾌적한 곳이었다. 당장 시가보다 1억을 더 주고 계약하고 대금을 치르고 이사했다. 한 가지 찜찜한 것은 공인중개사 소장이 자기 집을 직접 계약하고도 중개 수수료를 그대로 다 받은 것이었다. 그것은 공인중개사법을 위반한 것이다.

그런데 이번에는 획기적인 방법을 제시했다. 조망이라든지 건설회사 등은 내가 사는 아파트와 같다. 조망도 더 좋은 곳이었다. 그런데 이분은 욕심도 참 많은 사람이었다. 새로 소개하는 아파트를 사게 되면 이 집은 아주 부잣집이니 주방에 있는 인덕션, 식기세척기, 냉장고, 소파 등 지금 설치된 모든 주방용품과 가구들을 모조리 다 그대로 주겠다고 하고, 중개 수수료도 2채를 다 받는 것이 아니고, 큰 것 한 집만 받을 테니 자기와 계약하자고 하는 것이다.

아파트를 사고파는 행위를 동시에 하는 것은 참으로 숨 막히는 일이다. 작은 집을 팔아서 큰 집을 사는 거래를 동시에 진행할 때, 큰 집을 계약하고 나서 작은 집이 계약 기간 내에 팔리지 않으면 참 힘들어진다. 중도금이나 잔금을 치를 돈이 없고 자기가 사는 집이 팔리지 않는다면 어떻게 할 것인가? 그런 문제 때문에 계약을 망설였다. 그러자 중개사는 자기가 책임지고 팔아 주고, 안 될 때는 대출이라도 해서 책임을 지겠다는 것이다. 비단 장사보다도 더 고운 말들을 했다. 이분과 거래한 여러 사람들이 이분과 거래할 때는 부품하게 이야기하여 분쟁이 많이 일어날 수 있으니, 반드시 녹취록을 남기라고 조언해서 일부를 남겼다.

계약을 하고 한 달이 지났다. 이제 중도금 날짜가 한 달밖에 남지 않았다. 나와 아내는 초조했다. 중도금을 못 맞추면 거액의 위약금을 지불해야 한다. 그 걱정 때문에 잠이 오지 않았다. 그런데 집을 팔아 주겠다는 중개사는 연락도 되지 않고 한 달이 지나도록 한 사람도 소개를 못 했다. 그래서 부랴부랴 가까운 공인중개소에 물건을 내어 놓았다. 그런데 몇 번의 연락 끝에 통화가 되었다. 그런데 중개사는 "차차 기다리면 팔릴 수 있다." 하고 주기로 한 가재도구는 다른 사람이 가져갔다는 것이다. 화장실 가기 전과 갔다 온 후가 다른 것과 같았다.

얼마 후 아내가 부탁한 이웃 중개소에서 거래가 되어 중개료를 지불했다. 그리고 두 개를 동시에 팔아 주겠다는 중개사에게는 작은 아파트를 소개한 중개료를 뺀 나머지 금액을 지불했다.

내용 증명이 왔다. 아주 협박조의 문장이었다. 계약서만 쓰면, 무조건 중개료를 다 줘야 하고 그렇지 않으면, 재산을 압류한다는 내용이었다. 법을 잘 모르는 사람은 그 문장만 봐도 벌벌 떨 수 있는 문장이었다. 30년간을 공인 중개했다는 분이다. 그것으로 인해 많은 돈을 모으고, 빌딩을 사고, 주위에서는 아주 유명한 공인중개사라고 말하는 사람이었다. 나는 이분에게 상도의상 그렇게 해서는 안 된다고 이야기해 주고 싶었다. 상거래에 있어서 말에 대한 책임을 져야 한다는 사실을 설명해 주고 싶었다. 공인중개사가 자기 집을 직접 팔아서는 안 되고, 수수료도 받으면 안 된다. 선량한 사람들이 부품한 말에 현혹되어 거액의 공인 중개료를 지불해서는 안 되는 것이다.

나는 이 글을 쓰면서 혹시나 정직하고 규칙대로 중개하며 사업하는 많은 분이 이 글로 인해 상처를 받을까 봐 염려된다. 그것은 마치 경찰관 몇 명이 탈선한다고 묵묵히 일하는 전체 경찰관들을 나무라서는 안 되는 것처럼 말이다.

Q 편집장의 잘못

수필을 쓴다는 것은 그리 쉬운 일이 아니다. 수필의 제재만큼이나 수필의 내용도 다양할 수 있다. 수필의 내용은 인생, 사회, 자연 등에 대한 작가의 체험과 사색의 결과가 중심을 이룬다. 인생과 존재, 삶과 죽음, 행복, 고독, 사랑, 우정 등의 추상 관념이나 그것의 본질적인 문제를 다루거나, 주변에서 보고 느끼는 구체적인 자연물이나 일상에서 함께하는 여러 가지 사물과 현상을 제재로 삼기도 한다. 또 자신이나 주변인에 관한 일화나 체험에 관한 회상을 제재로 삼기도 한다. 한편으로는 사회와 인간사 전반에 대한 불합리, 부조리에 대한 고발, 비판, 저항을 제재로 다루기도 한다.

수필가는 쓰고자 하는 대상, 즉 제재에서 쉽게 보지 못하거나,

쉽게 드러내 보이지 않는 대상의 본질, 가치, 의미, 철학을 깊이 사색하여 찾아내는 사람이다. 그것이 문학성이 뛰어난 한 편의 수필을 탄생시키는 작가의 문학적 사고 과정이고 창조 활동이다.

수필을 배우는 어느 모임이 있었다. 수필 쓰기 모임인 만큼 여러 해 동안 많은 작가분이 배출되었다. 개중에는 문장력이 아주 뛰어난 분들도 있었고 국문학을 전공한 전공자도 있었다.

그렇게 하여 그분들과 연간집으로 한 편의 수필을 내고, 모두 모아 수필집을 만들 기회가 있었다. 물론 원고를 낸 사람들이 일정액의 출판비를 내어서 출판한다. 대학에 다닐 때 책을 편집한 경험이 있다. 편집장의 가장 힘든 일은 원고 모집이다. 제때 원고를 내어야 하는데 그렇지 못한 사람도 있다. 또 어떤 분은 편집이 다 마감되었는데 그때서야 원고를 내시는 분들도 있다.

문단에 데뷔했다는 것 때문에 나도 원고를 부탁받았다. 정성스럽게 글을 써서 기한 내에 원고를 제출했다. 그리고 책이 출판되기만 기다렸다. 그런데 내 글이 출판된 책에 보이지 않았다. 편집장에게 전화하여 그 사유를 물었다. '분명히 내가 편집할 때는 그 글이 있었는데 지금 보니 없다는 것'이다. 참으로 기가 막힌 답변이다. 책을 발간할 때는 맨 마지막에 편집자의 허락이 떨어져야 그 책을 인쇄할 수 있다. 책 발간에 관한 모든 것은 편집장의 권한이다. 그런데 그런 말을 하다니.

나는 편집장에게 "당신은 편집장의 자격이 없으니, 그런 정신으로는 편집장을 맡아서는 안 된다."라고 이야기했다.

우리 사회에도 자격이 없는 사람들에게 일은 맡기거나, 자격이 있더라도 자기가 맡은 일을 처리하지 못하는 사람 때문에, 오늘도 광화문에는 수많은 사람이 모여서 부르짖는다. 자유와 정의를 말이다.

잘못된 책이 발간되고 1년이 지났어도 어느 누구도 사과 한마디 하는 사람이 없다. 그것이 우리 중소 출판계의 현주소라면 지나친 말이 될까?

나는 우리 지역의 계간지를 발행할 때마다 원고 청탁을 받아왔다. 그런데 편집장이 잘못한다고 항의하고 나서부터는 아예 원고 청탁도 없다. 잘못된 것을 지적했으면 그것을 고치는 것이 옳다. 항의한다고 청탁에서 빼버리는 것은 더 잘못된 일이다.

역사의 발전은 항상 겸허한 자세로 사는 것이다. 사람이 살아가다 보면 항상 실수는 있는 법이다. 그럴 때는 자신의 잘못을 시인하고 고쳐 나가야 하는 것이다. 그것이 발전해 나가는 길이다.

긁지 않은 복권

지금부터 42년 전의 일이다. 남녀가 결혼할 때 여자 측에서 아파트 열쇠, 자동차 열쇠, 금고 열쇠를 가지고 온다는 이야기도 돌았지만, 나는 처지가 딱해서 그런지 거금 90만 원의 봉채비를 오히려 지불하고 결혼했다. 봉채비란 결혼할 때 신랑집에서 신부집으로 보내는 얼마간의 돈을 말한다. 지금의 90만 원은 하찮은 돈일지는 모르지만, 그 당시 고등학교 교사 초봉이 180만 원 정도이니 보름치 일한 대가를 지급했다는 말이다.

많든 적든 어쨌든 돈을 지불하고 내가 결혼했다는 사실은 틀림이 없다.

막상 결혼하고 보니 우리 부부는 성향이 아주 달랐다. 그래서 가끔은 충돌도 일어났다. 나는 여행을 한다면 몇 시에 출발하고,

어디서 자며, 필요예산은 얼마다, 하고 계획되어야 한다. 아내는 복잡하게 그러지 말고, 가다가 맛있는 음식이 있으면 먹고 가서 보고 좋은 곳이 있으면 거기서 잠자면 되지 않느냐고 우긴다. 그런데 어느덧 40여 년이 지나고 보니 서로가 모난 곳이 무디어져 갔다.

결혼 40주년 기념으로 아내와 함께 유럽 알프스 3대 미봉 트레킹을 가게 되었다. 원래 트레킹은 '서두르지 않고 느긋하게 소달구지를 타고 하는 여행'이라는 말이었는데 현재는 전문적인 등산 기술과 지식 없이도 즐길 수 있는 산악자연 답사 여행을 뜻하는 말로 쓰인다.

알프스는 스위스, 이탈리아, 오스트리아에 걸친 거대하고 높은 산맥이다. 최고 높이가 해발 4,807m에 이르며 전 세계 여행객들이 찾는 도보여행 트레킹 명소로 손꼽힌다. 그중에서도 아름답기로 유명한 3대 미봉美峰은 최고봉인 투르 드 몽블랑, 융프라우, 마터호른으로 설산의 눈부신 매력을 뽐낸다.

이름만으로 마음을 흔드는 곳이 있다. 눈 덮인 산과 푸른 언덕 사이 동화 같은 마을, 마을로 향하는 양 떼를 이끄는 목동의 휘파람 소리, 아름답고 낭만적인 풍경을 상징하는 곳, 유럽의 지붕 알프스Alps가 바로 그런 곳이다. 우리는 산악 철도와 케이블카를 타고 산 정상부에 살포시 안착해 타박타박 산 아랫마을로 내려오는 트레킹을 즐겼다. 알프스의 절경은 덤으로 따라왔다.

'알프스'라는 고유명사를 들었을 때 자동 연상되는 그림이 있다. 만년설을 얹은 높다란 봉우리다. 하지만 알프스는 한라산처럼 하나의 산을 가리키지도, 천왕봉처럼 단 하나의 봉우리를 뜻하지도 않는다. 유럽을 동서로 관통하는 산맥 이름이 알프스다. 길이만 1,200km에 달하고, 면적은 19만 959㎢에 이르는 유럽 최대의 산줄기다.

알프스는 프랑스, 독일, 이탈리아 등 유럽의 굵직굵직한 나라를 모두 지난다. 융프라우가 알프스 대표의 봉우리가 된 이유는 무엇일까. 순전히 융프라우에 유럽에서 가장 높은 기차역 융프라우요흐Jungfraujoch가 있기 때문이다. 해발 3,454m 고지대에 자리한 기차역은 당당하게 '유럽의 정상Top of the Europe'이라고 자칭한다. 스위스의 탁월한 관광 마케팅에 감탄하게 되는 대목이다.

가도 가도 끝이 없는 산봉우리, 아내와 나는 함께한 15명 중에서 항상 꼴찌로 가게 되었다. 그러자 스위스 산악가이드가 나와 아내를 맨 앞에 세웠다. 발가락도 아프고 지쳐있었다. 그래도 눈 덮인 산 옆으로 푸른 풀이 무성하게 자라있는 모습이 너무 좋았다.

융프라우요흐 정자에서 사 먹은 신라면. 우리나라 가게에서는 700원에 살 수 있지만, 그곳에서는 뜨거운 물을 부어 주고 14,000원을 받았다. 그래도 그 맛은 지불한 돈만큼 더 맛이 있었다.

그나저나 저번에 산 복권은 언제 긁을 수 있을까?

큰 다리를 놓아준 여인

내가 살아오며 인생의 큰 강물을 건너야 할 때, 쉽게 건널 수 있도록 큰 다리를 놓아준 사람은 고 정금화 권사님이시다. 이분은 독실한 신앙의 소유자이시다. 넓은 집이 있는데도 밤이 되면 꼭 교회에 가서 철야기도를 하시는 분이었다. 아들딸 7남매를 잘 키워 아들을 회사 사장님으로, 대학교수로 잘 키우셨다. 나는 그런 자식의 성공이 어머님의 눈물 어린 기도 덕분이란 사실을 믿고 있다.

나도 고등학교 1학년 때부터 철저한 신앙생활을 해 왔다. 월요일에 시험을 친다고 해도 주일날은 꼭 교회에 가서 성경 공부와 예배에 참석했다. 그래야만 마음이 편안했다. 대학 시절에도 교회에서 초등학생들의 주일 학생 성경 공부, 중·고등학생들의 성경 공부를 점심을 굶어가며 가르쳤다. 지금은 교회에서 식사를 제공하지만, 그때만 해도 그런 것이 힘들었다. 가끔씩 가난한 전도사님 집에 가서 점심을 얻어먹기도 했다. 나는 아르바이트로 등록금을 모으고 자취비를 벌어야 하는 가난한 학생이었다.

내가 다니는 교회는 몇천 명이 모이는 대형 교회였다. 그 당시 교회 내규에서는 교회에서 집사를 뽑을 때 70%는 교인 중에서 투표로 뽑고 30%는 당회에서 선출했다. 그런데 대학생인 내가 열정적으로 일을 잘한다고 총각 집사로 추천되었다. 그 전에는 대형 교회에서 대학생을 집사로 선정한 예는 없었다.

어느 주일날 학생들을 열정적으로 가르치고 있는데, 50대 중년 부인이 학생들 뒤에 앉아 있었다. 나는 학생들의 어머니나 할머니겠지, 하며 아무런 생각 없이 학생들을 가르치고 있었다. 그다음 주일에도 그 중년 부인은 학생들 뒤에 앉아 있었다. 어느 날 성경 공부와 학생 교육을 마쳤을 때 그 중년 부인이 나에게 말을 걸어왔다.

"총각 선생. 나는 ○○ 엄마 ○○ 권사예요."

○○이란 학생은 대학생선교회(CCC)에서 알고 지냈고, 같이 활동하던 간호대학의 여학생이었다. 중년부인은 밖에서 한번 만나자고 했다. 나는 어쨌거나 눈에 확 드러나는 결점 때문에 여성들의 환심을 살 수 없는 사람이었다. 3살 때 소아마비를 앓아 일

생을 피곤하게 살아야 하는 사람이었다. 만약 입장을 바꾸어 생각해 내 딸이 나와 같은 사람을 소개한다면 나는 아예 묻지도 않고 단연코 반대했을 것이다. 나는 그때 감사하는 마음과 간절히 기도하는 마음을 가지고 그들을 만났다. 중국 음식을 파는 식당에서 거창한 코스요리를 주문하는 것이 아니라, 가장 기본적인 짜장면과 짬뽕을 시키고 마주 앉았다.

가정 소개를 했다. 큰오빠가 회사 사장이고, 둘째 오빠는 대학교수고, 돈에 대해서는 전혀 걱정이 없는 집안이었다. 그에 비해 나는 끼니까지 걱정하는 가난한 소작농의 아들, 보다시피 쩔뚝거리며 일생을 살아야 하는 피곤한 사람, 그것에다 여성들이 싫어하는 7남매의 장남, 내가 자랑할 것은 단 한 가지, 남다른 열정뿐이었다.

나는 결혼 문제에 대해 이 사람을 만나고 저 사람을 만나는 것이 아니라, 조용히 교회에 가서 기도했다. 어떨 때는 밤늦게까지 기도할 때도 있었다. 대학을 졸업하고 결혼 적령기가 되자 나에게도 인생의 비탈길을 함께 걸어갈 반려자가 필요했다. 애절하고도 간절하게 기도했다. 어떨 때는 감정에 북받쳐 눈물을 흘리기까지 했다.

결혼 날짜를 잡고 교회에서 결혼식이 거행되었다. 결혼식에는 일가친척들, 직장 동료들 그리고 친한 교회 성도들이 예배당을 꽉 채울 정도로 많이 왔다.

결혼식에서 가장 힘든 일이 있었다. 그것은 신랑 입장 순서였다. 결혼 주례자가 '신랑 입장' 할 때 나타난 신랑이 음악에 맞춰 쩔뚝거리며 입장한다면 내용을 잘 모르는 손님들은 "부잣집이고 많이 배운 집안인데 어디 보낼 곳이 없어서 예쁜 딸을 저런 신랑에게 시집 보내노?" 하고 반문할지도 모른다.

그래서 나는 결혼식장을 축제의 분위기가 나도록 만들었다. 내가 활동하고 있는 대학생 선교회 남녀 대학생 50여 명이 결혼식장에서 계속 노래를 불러 주었다. 그 음악 덕분에 결혼식장은 축제 분위기가 되었다. 나와 같은 직장에서 근무하는 40대 노총각이 있었는데, 이분은 절대로 결혼하지 않겠다는 결혼 무용론을 부르짖는 교사였다. 그런데 나의 결혼식에 참석해 보고는 "나도 앞으로 결혼하겠다."라고 했다.

우리는 흔히 포장만 아름다우면 내용물도 우수하리라는 생각 때문에 포장지 안의 내용물이 상해 있어도 우선 멋진 포장을 한다. 좋은 상품으로 보이기 위해서다. 그러나 우리 인생사에서 중요한 것은 화려한 포장지보다는 내용물이다.

결혼식 전에 염려하고 비판했던 형제들이여! 지금은 7남매 중에서 가장 잘살고, 자녀들을 잘 키워 저들이 보람을 느끼며 살게 했다. 정년퇴직을 하고도 나는 연금과 봉급, 회사 이익금을 받는다. 37명 직원의 어깨를 두드려 주며, 50여 명의 치매 어르신들을 돌보며, 하고 싶은 것 다 하며, 행복을 창조하고 산다.

하루하루가 감사하고 나날이 기쁨을 누리며 행복하게 산다.

인생을 합창과 함께

대구에 '사랑의 부부 합창단'이라는 단체가 있다. 일반 합창단과는 달리 부부가 함께 참여하는 합창단이다. 1주일에 한 번씩, 1년 내내 연습하여 연말에 일반 시민들을 상대로 큰 장소를 빌려 연주회를 한다. 작은 겨자씨 하나가 큰 나무가 되듯이 33년 전에 같은 꿈을 가진 부부들이 만든 작은 모임이 전국 13개 도시와 미국 LA에까지 이르렀다. 같은 뜻과 같은 이름으로 동역할 수 있음에 자부심을 느낀다.

그동안 정기연주회 30회, 해외 연주회 1회, 대구 세계합창축제 특별상 수상, 그리고 각종 음악제, 교회, 군부대, 단체의 초청 연주회 16회 이상을 하면서 소년소녀가장 돕기, 장애인 돕기, 장학 사업 등 봉사활동을 꾸준하게 펼쳐왔다. 이러한 활동을 통해 하나님의 사랑과 이웃 사랑을 실천하며 합창 문화 발전에 기여할 수 있었던 일이 참으로 감사하다.

합창은 첫째, 자기표현 능력을 강화해 준다. 사람이 다른 사람에게 자기 생각이나 감정을 표현하는 것은 사회생활에서 꼭 필요하지만, 막상 복잡하고 다양한 인간관계의 틀에서 그럴 기회는 많지 않다. 그러다 보니 자기표현 능력이 떨어지는 경우가 많은데 이로 인해 서로에 대한 오해가 생기기도 하고 갈등 해결에 어려움을 겪기도 한다. 합창 활동은 노래가 가진 감정이나 생각을 표현하는 것이기 때문에 이러한 경험이 쌓임으로써 일상에서도 자기 생각을 시각적으로든 청각적으로든 정확하게 표현할 수 있는 능력을 갖추게 된다.

둘째, 합창은 타인에 대한 경청과 배려심을 키워준다. 합창이 추구하는 아름다움은 자신을 드러내는 것이 아니라 다른 사람의 소리를 듣고 여기에 자신의 소리를 맞춰감으로써 가능한 것이다. 그렇기 때문에 합창 활동을 하면 다른 사람의 소리를 듣는 습관이 생긴다. 또한 자신보다는 다른 사람의 입장을 먼저 배려하는 태도가 자연스럽게 형성될 수 있다.

셋째, 합창을 위해 성부 간 화성적인 조화를 이루기 위한 연습을 함께하면서 자연히 사회성이 좋아지는 경험을 할 수 있다. 합창은 모든 단원이 같은 시간에 함께 모여 연습하고 연주하는 행위이다. 개인 사정으로 연습에 참여하지 못하면 전체적인 조화와 균형을 이루기 어렵고, 함께 연습하지 못한 채 무대에 오르면 예상치 못했던 그 사람의 소리 때문에 공연을 망칠 수도 있다. 합창의 이런 점 때문에 자신보다는 전체를 생각하는 사회성이 길러지는 것이다.

넷째, 크고 작은 청중 앞에서 함께 연주하는 과정에 참여함으로써 자신감이 고양되는 효과도 기대할 수 있다. 정도의 차이는 있겠지만 사람들은 남들 앞에 서면 자신도 모르게 긴장하거나 떨게 되는 무대 불안감이 생긴다. 특히 무대 위에 혼자 있으면 더욱 불안감이 높아지기 마련이다. 그러나 합창은 여러 사람이 함께 무대에 오르는 것이기 때문에 서로에 대한 믿음으로 불안을 극복할 수 있게 된다.

합창하는 시간은 일주일 중에 가장 기다려지는 시간이다. 함께 노래 부르다 보면 정서적인 부분은 물론 정신 건강에도 참 좋다. 음악을 사랑하는 사람들이 모여 함께 서로의 소리에 귀 기울이며 하나의 음악을 만든다는 것은 열정 없이는 어렵다. 이 시간은 근심 걱정 잊고 영혼과 감성이 순화되는 시간이다.

또 합창이라고 노래만 부르는 게 아니라 '진달래꽃'처럼 우리가 알고 있는 문학을 음악으로 음미해 볼 수 있어서 좋다. 그리고 매주 연습에 참여해야 하니 그 과정에서 스스로를 가꾸게 된다. 정신 건강에도 좋고 그다음 연습이나 공연으로 많은 사람을 만나게 되니 정보를 얻기에도 좋다. 그런고로 합창이란 사람들 간에 배려와 소통의 한 방식이라고 말해도 좋을 것 같다.

키다리 아저씨

살아오면서 내 인생에 멘토가 되어준 사람은 여러 명이다. 그중에 생생하게 잊히지 않고 기억에 남는 분이 한 분 있다. 그분은 학자도 아니요 성직자도 아니고, 지식이 많은 분도 아니다. 한글마저도 읽지 못하고, 집에서 아내 일을 돕는 70대 중반의 할아버지였다.

아르바이트로 학비를 벌고 자취해야 하는 입장에서 구한 자취방이 지붕은 슬레이트, 방과 방 사이도 합판으로 막아 도배지를 발랐기 때문에 옆방의 작은 소리까지도 다 들리는 판잣집과 같은 집이었다. 불을 끄고 누워 있으면 천장 틈으로 하늘이 보이는 집이었다. 그래도 내가 혼자 살 수 있는 방이 있다는 것이 행복했고, 힘들었어도 이때까지 키워주신 부모님에게 감사했다. 나는 지금도 힘든 일이 있을 때나 즐거운 일이 있을 때는 꼭꼭 아버지와 어머니가 누워 계시는 공원 묘원의 산소를 찾는다.

그때 내 옆방에는 70대 중반의 노부부가 살고 있었다. 그분들은 집에서 메밀묵을 만들어 시장의 구석진 길거리에 플라스틱 작은 의자를 몇 개 놓고 지나가는 손님에게 판매해 생계를 유지하는 사람들이었다. 날이 밝으면 할아버지는 마당의 가마솥에서 할머니가 판매할 메밀묵을 쑤었다.

나는 가끔 이 할아버지에게 나의 여러 가지 문제를 상담했다. 한글도 읽지 못하고 지식은 부족할지 몰라도 살아온 경륜이 있고, 지혜가 있는 분이다. 그래서 이분이 가르쳐 준 대로 행하면 틀림이 없었다.

이분은 나의 상담자가 되었다. 그 대신 나는 할아버지에게 배달되는 편지며 각종 고지서를 읽어주고 편지를 써 주었다.

이 노부부에게도 남모를 어려움이 있었다. 3남매를 키워 출가시켰는데 큰아들이 사고를 쳐서 교도소에 복역하고 있었다. 그곳에 있는 아들에게서 편지가 자주 왔다. 할아버지는 편지가 오면 꼭 대학생인 나에게 가지고 와서 읽어 보라 하고, 답장을 써 달라고 한다. 한글을 몰라 아들에게서 온 편지를 읽지 못하니 얼마나 답답하겠는가?

편지 내용은 주로 교도소에 있는 아들이 자기에게 영치금을 좀 보내 달라는 내용이었다.

할머니는 아들에게서 온 편지를 가지고 와서 격한 어조로 나에게 말한다. 손을 아래위로 흔들어 가며 큰소리로 이렇게 답장을 써 달라고 하신다. 할머니의 얼굴이 붉으락푸르락한다.

"나이 40살이 넘도록 벌어 놓은 돈이 있나? 키워 놓은 자식이 있나? 그따위로 사니까 계집년도 달아나고, 행동 똑바로 못 해 교도소에나 들어가고, 잘한다. 잘해! 나이 70이 넘도록 시장 바닥에서 오는 사람, 가는 사람에게 '메밀묵 한 그릇 잡숫고 가세요.' 하며 메밀묵이나 팔아 한 푼 두 푼 버는데 돈이나 보내 달라고 하고. 아이구 내 팔자야. 어릴 때 귀엽게 키워 놓아도 아주 쓸데없어."

격한 어조로 손을 흔들어 가며 말한다.

"학생! 이거 다 내가 말한 대로 적었어요?"

사실은 편지에 이런 구어체 문장을 다 적을 수 없고, 아무리 아들이 잘못했다 하더라도 이런 내용을 그대로 편지에 적을 수는 없었다. 그래서 나는 깊이 반성하고 건강 조심하고 돈도 좀 아껴 써 달라는 내용의 답장을 썼다. 그리고 할머니에게는 할머니가 말씀하신 그대로 다 적었다고 이야기했다.

혹시 쓴 편지를 한번 읽어 보라고 할까 봐 염려는 되었지만, 다행히 그런 일은 없었고, 할머니는 내 손을 잡으며 고맙다는 인사를 했다.

인생의 그림자

내가 사는 집은 많은 사람이 선호하는 아파트이다. 앞에는 5만 여 평의 푸른 잔디 공원이 있고 그 옆에는 금호강이 흐르고, 높은 산과 고속도로가 한눈에 들어온다. 높은 산에 힘들게 올라가 산 꼭대기에 서면 탁 트인 사방이 보이듯이 우리 집도 그런 기분이 드는 집이다. 철도며, 고속도로며 강물이 훤히 보이는 곳이다.

지난번 세계 육상경기 대회를 할 때 그 육상선수들의 숙소로 쓰였던 집이다.

건물도 꼼꼼하게 지어졌고 주차시설이나 건물과 건물 사이도 비교적 넓고, 주변 조경도 잘된 아파트다. 내가 사는 아파트 동을 전망 동이라 한다. 방에서 내려다보면 800m의 잔디 구장 트랙에 사람들이 걷고 있는 모습을 훤히 볼 수 있다. 공기도 아주 쾌적하다. 이 아파트를 살 때도 웃돈을 더 주고 샀다.

우리 집에서 나오는 음식물 쓰레기며 재활용품 분리수거를 하는 일은 내 몫이다. 저녁 설거지가 끝나면 분리수거를 하여 수집소에 갖다 버린다. 전에는 규칙적으로 모든 제도가 잘 돌아갔는데 관리소장이 바뀌고부터 관리소 직원들의 근무 자세가 느슨해지는 것 같았다. 관리소 직원은 6~7명쯤 된다. 이번 관리소장이 바뀌고부터 직원들도 더 자주 바뀌는 것 같았다.

그런데 이분들이 아파트 주민들을 보면 최소한의 인사는 할 줄 알아야 하는데 몇 명은 주민들을 보면서 외국인 보듯이 멀뚱멀뚱 쳐다보고 마는 것이었다. 나는 이런 일들이 마음에 걸렸다. 그냥 참고 넘어가면 좋을지도 모르는데 나는 그런 행동을 보면 참지 못하는 고약한 성미다. 사실 주민들이 매달 얼마씩의 관리비를 내어 그들의 봉급을 준다. 그런데 봉급 주는 입주민에게 저렇게 대하다니….

내가 매일 가는 재활용품 수집소의 자동전깃불이 끊어진 지가 11일째가 되었다. 캄캄한 데서 분리수거를 하기가 힘들었다. 수시로 점검하고 수리하는 것이 저들의 임무인데…. 나는 10일 동안은 아무 말 없이 참고 있다가 11일째 되는 날 전화를 하고 관리사무실에 찾아갔다.

"관리소장이 어느 분입니까?

"제가 관리소장입니다."

바뀐 지가 1년이 넘었는데도 처음 보는 분이었다.

"당신이 관리소장이라는 표시가 어디 있어요? 지금 그렇게 앉아있으니 관리소장인지 잡상인지 구분이 안 됩니다. 요사이 모든 직장에서는 명찰을 달고 근무하는데 이곳에서는 명찰을 달지 않아도 되는 곳입니까?"

학교장이 조회 시간에 학생들에게 훈화하듯이 여러 가지 원론적인 이야기를 했다.

"관리소장님! 103동 재활용품 수집소에 전등이 끊어진 지가 11일째 되는데 그것을 알고 있었습니까?" 하고 물으니 관리소장은 재빠르게 "아 그것 오늘 고치려고 했습니다." 아주 기회주의적인 답변이었다. 어디서 많이 했던 대답 같았다.

"뭐라고요? 내가 11일째 되는 날 왔으니 말이지 한 달 후에 왔어도 또 오늘 고치려고 했다고 말하겠지요. 아니 소장님은 어떤 것이 고장 나면 꼭 11일을 기다렸다가 고치는 것입니까?

관리소장이라는 직위는 야간에도 한 번씩 와서 잘되고 있는지를 점검하든지 아니면 다른 직원이 점검하고 결재를 해야 하는 것 아녜요? 그렇게 근무하면 직무유기예요.

관리소장은 입주민들이 불편함이 없도록 해야 하는데 방문객들이 마구 주차해 놓은 것을 누가 단속해야 하나요. 그리고 집마다 출입구에 붙여 놓은 불법 광고물도 입주민들이 단속해야 하나요? 관리소장의 봉급은 국가에서 나오나요?"

정신 차리기 힘들게 쏘아붙였다. 그러잖아도 오랫동안 관리 사무실에서 근무하는 직원과 인사를 하고 지내는데 요사이는 질서도 무너지고 근무하기가 너무 힘들다고 이야기한 것을 듣기도 했다.

내 생각은 이렇다. 어디에서든 누군가는 원칙을 따져 바로 잡아나가는 사람이 있어야 한다. 그래야만 사회질서가 바로 잡히고 역사가 바르게 정립될 수 있다. 길거리에 큰 돌이 하나 있다면 많은 사람들이 통행하는 데 매우 불편하다. 누군가가 그 돌을 치운다면 치우는 그 사람은 힘들지 모른다. 그렇지만 많은 사람들은 그 사람으로 인해 편안함을 느낄 수 있다. 불의를 보면 참지 못하는 고약한 내 성미, 이것 때문에 나에게 적敵이 많이 생길지도 모른다. 앞으로 관리소장은 자기의 잘못을 반성하기보다는 나를 한없이 미워하며 적으로 생각할지도 모른다. 왜 수백 명의 입주민들은 아무 말도 안 하고 조용하게 있는데, 자기 혼자만 나서서 유별나게 똑똑한 척하느냐고.

나는 바른 소리를 잘한다. 그래서 그 바른 소리 때문에 찍힌 적도 있었고, 미움을 받은 적도 있었고, 직장에서 쫓겨날 위기에 처한 적도 있었다.

어쩌면 이런 바른 소리를 참지 못하고, 그대로 토해내는 것이 인생을 살아가는 데 있어서 큰 흠이 될지도 모르겠다. 그렇지만 나는 앞으로도 계속 바른 소리를 할 작정이다.

며느리의 세뱃돈

우리나라는 옛날부터 젊은이들이 설날이 되면 차례를 지내고 나서 마을 어른들이나 집안 어른들에게 인사하러 다녔다. 어른이 란 말은 나이만 먹어서가 아니라 인생의 모든 것을 경험하여 의식 과 사고가 깊어 인생의 미래를 바라볼 줄 아는 사람들을 뜻하므 로 그들을 찾아가서 한 해를 어떻게 살아야 잘 살 수 있는가를 물 어 조언을 구하기 위함이다.

인생의 선배가 나에게 주는 좋은 말을 덕담德談이라 한다. 또 일 가친척이나 친구 간에 서로 잘되기를 기원하는 말이 덕담이기도 하다. 세배의 의미는 젊은이들이 설날 아침에 이 덕담을 듣고 싶 어서 어른을 찾아 절을 하고 만수무강과 공경을 표현하며 인생의 지혜를 배우기 위함이다.

어른들은 설날에 세배하러 온 젊은이들에게 떡과 과일을 주고 빈손으로 보내면 예의가 아니라고 생각하여 조금씩 용돈을 쥐여 주었다. 이처럼 세배와 세뱃돈은 우리 민족의 아름다운 전래 풍습이었다.

세뱃돈은 형편에 따라 다르지만 주는 사람의 마음이 편해야 하고 받는 사람도 부담이 없어야 한다. 오늘날은 가족이 해체되면서 설날에 어른을 찾아가 삶의 지혜를 구하는 세배 풍습이 점차 사라지고 있다.

우리는 설날 아침에는 신년 예배를 드린다. 그 후에 세배받는데 한 사람 한 사람 따로 세배하는 것이 아니라 단체로 한 번에 세배를 받는다.

부모님들이 경제 능력이 없을 때는 자녀들이 얼마간의 돈을 넣어 세배하고 나서 부모님께 전달한다. 그런데 우리 집은 엄마 아빠가 사업을 하고 연금을 받고 봉급을 받기 때문에 그럴 필요는 없다. 오히려 역으로 우리 부부가 자녀들에게 얼마간의 돈을 준다.

흔히 자식이 결혼할 때 부모가 집을 사 주는 경우가 있다. 내 생각은 다르다. 만약 결혼할 때 집을 사 준다면 자식은 경제적으로 부모에게 기대려는 의타심만 생긴다. 자식에게 스스로 집을 살 방법을 가르쳐, 경제훈련을 시켜야 한다.

내 경우, 집을 사 줄 수 있는 여유가 있었어도 아들에게 전세 자금만 주고 나머지는 대출해서 집을 사게 했다. 아들네는 봉급을 받으면 대출금 이자도 내야 하고 생활이 빠듯해진다. 그러다 보면 절약을 공부하게 된다. 아들네는 우리 집에 올 때 약간의 선물을 사 온다. 그런데 갈 때는 우리가 며느리에게 약간의 봉투를 준다.

우리 며느리는 부모에게 참 순종적이다. 결혼 후 아내를 시켜 몇 명의 자녀를 키울 것인가를 물었을 때 직장생활도 힘들고 하여 한 명만 낳아서 잘 키운다고 하였다. 부모의 입장에서는 여러 명의 자녀를 낳아 키우는 것이 좋다고 하고, 경제적으로 힘드니 아이 한 명당 1억의 교육비를 지원하겠다고 했다. 그러자 며느리는 손가락 세 개를 펴 보이며 "아버님 저희는 3명의 자녀를 키우겠어요."라고 하며 부모와의 약속 지키기에 지금도 충실하고 있다.

손자 2명이 개구쟁이처럼 잘 크고 있는데 다시 임신 12주라는 소식을 들으니 부모 된 입장에서는 참 기특하다.

새[鳥]의 왕인 독수리는 자기 새끼를 훈련할 때 어린 새끼를 안고 수백 미터 공중에 올라가 갑자기 떨어뜨린다. 새끼는 날아보려고 애쓰지만 역부족이다. 땅에 떨어지기 직전에 다시 새끼를 안고 공중으로 다시 올라간다. 이렇게 수십 번 죽음을 무릅쓰는 강한 훈련을 시켜 새의 왕의 위치에 오르게 한다고 한다.

세계 경제를 주름잡고 있는 사람들이 유대인들인데 유대인의 교육법을 보면, 자기 자녀에게 수많은 냉동 창고에 고기를 가득 채워 물려주는 것이 아니라 자녀를 데리고 다니며 고기 잡는 방법을 가르쳐 준다고 하지 않았던가.

백령도 여행

나와 잘 아는, 파크골프를 치는 사람 중에 여행사를 하는 한 분이 있다. 그래서 수시로 내 휴대전화에 여행안내서가 올라온다. 나는 이분과 함께 몇 번 여행도 떠났다. 30년간 여행사를 운영했으니 그 노련함은 누구도 따라올 수가 없다. 이분의 상술은 누구도 따라올 수가 없다. 집에서 나올 때 큰 보온병 3개를 들고 나온다. 한쪽 병에는 커피를 타고, 다른 병에는 대추차를 타고, 또 다른 병에는 율무를 타 가지고 나온다. 그리고 여러 사람에게 나누어 준다.

이분의 권유로 아내와 함께 백령도 여행을 떠나기로 했다. 새벽에 대구에서 인천 선착장까지 갔다. 40여 명이 한 버스에 타고 즐거운 마음으로 떠났다. 다들 버스 안에서 잠을 자기도 하고, 가다가 한두 군데 휴게소에 세워 화장실에 다녀오기도 했다. 백령도에 간다는 즐거운 마음으로.

드디어 8시쯤 인천 선착장에 버스가 도착했다. 차를 선착장 모서리에 세워두고 아침 식사를 했다. 도시락이었다. 배가 고파서 아주 맛있게 먹었다. 그리고 준비해온 차를 한잔 마시고 선착장 대기실로 갔다. 어마어마한 인파였다. 아내는 뱃멀미를 할 수 있다며 약을 사 와서 미리 먹었다. 땅바닥에 돗자리를 깔고 앉은 사람도 많았다.

한참이 지나자 안내방송이 나왔다. 백령도 가는 배가 안개 때문에 제시간에 떠나지 못하고 그 결과는 1시간 후에 알 수 있다고 했다. 다시 조마조마한 마음으로 1시간을 기다렸다. 1시간이 지나자 다시 안내방송이 나왔다. 백령도 가는 배는 안개 때문에 갈 수 없고 1시간 후에 다시 안내하겠다고 했다. 다른 곳은 출발하는데 백령도행 배는 갈 수 없다고 한다. 이렇게 몇 번을 반복하다가 또 지금은 못 가니 한 시간 후 그때 가서 안내해 주겠다고 했다. 선착장 대합실 바닥에 돗자리를 깔고 누웠다. 너무나 지쳤다. 다시 알아보니 3일째나 백령도 가는 배가 안개 때문에 못 떠났다고 한다.

드디어 점심시간이 되었다. 회원 전체가 일정에도 없던 곳에 가서 식사했다. 이제 두 번의 기회가 있다. 우리는 점심을 먹고 나서는 날씨가 좋아져 백령도에 들어갈 수 있다고 생각했다. 앉아서

꾸벅꾸벅 졸다가도 기대에 찬 마음으로 방송이 나오기만 기다렸다. 스피커에서 방송이 나왔다. 그런데 백령도 가는 배는 안개 때문에 갈 수 없다고 했다. 이게 몇 번째야, 새벽에 출발해서 왔는데 집으로 돌아갈 수도 없고 참으로 난감한 일이었다. 마지막 방송에서도 백령도는 갈 수 없고 뱃삯을 환불해 준다고 했다. 모두 허탈한 마음이었다.

기다리고 기다리다 모두 지쳐있었다.

여행사 대표는 전체 회의를 주선했다. 회원들에게는 두 가지의 안이 있었다. 집에 돌아가자는 안과 다른 곳을 여행하자는 안이었다. 20여 명의 집에 돌아가자는 부류와 기왕 왔으니 다른 곳을 여행하자는 나머지 20여 명의 부류로 나뉘어 각각 그대로 주선하게 되었다. 그래서 20여 명은 버스에 타서 집으로 돌아가고, 나머지 20여 명은 서해안 일대를 여행했다.

꿩 대신 닭이라더니 그 나름대로 의미가 있었다. 우리가 백령도에 못 가고 다른 곳을 여행하게 되었으니 예산이 충분해서 비싼 장어구이도 먹었다. 맛은 좋았지만, 나중에는 예산이 초과하여 더 많은 돈을 내게 되었다. 계획에도 없던 일을 많이 하다 보니 나중에는 상당한 부담을 안을 수밖에 없었다,

북한산 인수봉仁壽峯 산행

　북한산은 수도권 근교에 있어 언제든지 찾을 수 있는 산이지만 백두산, 지리산, 금강산, 묘향산과 더불어 대한민국 오악五嶽에 포함된 명산이다. 서울 근교의 산 중에 제일 높고 산세가 웅장하며, 산봉우리가 32개나 된다. 주봉인 백운대에 오르면 서울 시내가 한눈에 들어오고 도봉산, 북악산, 남산, 관악산은 물론 맑은 날에는 강화도, 영종도 등 서해 섬까지 보인다고 한다. 〈논어〉에 인자수仁者壽의 글귀가 있다. 이는 '어진 이는 오래 산다'는 뜻이며 '인수'로 요약할 수 있다.

　서울의 진산으로 알려진 북한산에는 인수봉이 있다. 인수봉은 해발 810m로서 백운대보다는 낮으나 돌출된 기상에서만큼은 북한산의 으뜸이다. 인수봉은 날카롭게 솟아 있어 오늘날 등반

코스로 활용되고 있다.

　우리 산악회에서는 무박 산행으로 북한산 인수봉을 택했다. 무박 산행이란 하루 만에 다녀오기 힘들 때 이틀을 잡아 등산하는 것을 말하고, 잠은 버스에 앉은 채로 자고 야간 산행을 하거나 새벽 산행을 하는 것을 말한다. 밤 10시쯤 40여 명의 등산객이 출발했다. 모두 대단한 각오를 가지고 출발했다. 우리 산악회는 비행을 저지르고 그릇된 이미지를 풍기는 그런 산악회가 아니고, 20년의 역사를 가진 실속 있는 산악회다.

　목적지 가까이 버스를 주차해 놓고 '몇 시까지 산에 다녀오시오.' 하는 산악회도 있지만, 우리 산악회는 초등학생들이 소풍 가는 것처럼 출발 전에 다 같이 준비운동으로 체조하고, 전체가 목적지까지 가서 단체사진도 찍고, 목적지 표지석 앞에서 두 손을 들고 만세 삼창을 한다. 그리고 돌아올 때는 주변의 유적지를 탐방한다. 이렇게 알찬 등산을 하는 산악회니 나도 이 산악회와 20년을 함께했다.

　나는 40명이 등산에 참여하면 꼭 39번째 걸어간다. 내 뒤에는 반드시 산행대장이나 부산행대장이 따른다. 혹시나 사고라도 나면 빨리 수습하기 위해서다. 내가 40명 중 맨 끝에 가는 덴 이유가 있다. 3살 때 소아마비를 앓아 다리를 절룩거리며 걷기 때문이다.

그래도 이 산악회는 나에게 힘과 용기를 준다. 산꼭대기 표지석 앞에서 대원 전체가 두 손을 들고 만세 삼창을 할 때 산행대장과 신입회원 1명, 그리고 힘들게 올라왔다고 나를 뽑아 만세 삼창에 선창을 시킨다. "○○산악회 만세!" 하고 앞에서 선창하면 다 같이 따라서 합창한다.

나는 참으로 행복하다. 그리고 항상 감사한 마음으로 인생을 살아간다. 내가 몸이 불편해 휠체어를 타고 다니거나, 목발을 짚고 다닌다면 함께 산행할 수 있겠는가? 그래서 가끔 전체 회원들에게 감사한 마음으로 박카스를 돌리거나 아이스크림을 돌릴 때도 있다.

나는 이 산악회에서 미운 오리털이 되지 않기 위해 큰 노력을 한다. 오후 5시에 하산하여 관광버스가 출발한다면, 모두가 5시 이전까지 다 와야 한다. 만약 나 혼자 이 시간을 지키지 못했다면 회원 전체가 늦어져 비난을 받게 된다. 그래서 남들이 편히 쉴 때 나는 빠른 걸음으로 이동한다. 그래서 20여 년 동안 나 때문에 늦은 적은 한 번도 없었다.

새벽 3시 30분쯤 관광버스가 북한산 입구 도선사 주차장에 도착했다. 버스에 싣고 간 추어탕에 밥을 넣어 한 그릇씩 먹고, 거기서 다시 준비 운동을 하고 이마에 모두 밝은 등을 달고 야간 산행을 시작한다. 캄캄한 밤에 줄을 맞춰 인수봉을 향해 힘차게 걷는다. 피난민처럼 등산 배낭을 짊어지고 걷는다. 드디어 해가 돋으려고 날이 밝아 온다. 청명한 하늘 속에 비치는 아침 햇살이 너무나 아름답다. 마치 하늘 속에 있는 듯한 인수봉의 모습이 너무나 육중하고 장엄했다. 우리가 가고자 하는 인수봉이 산이 아니라 마치 하늘 속에 붙어있는 것같이 보였다.

새벽인데도 벌써 인수봉에는 암벽 등반을 즐기는 사람들이 암벽에 달라붙어 로프를 잡고 힘들게 정상으로 올라가는 모습이 보였다. 우리는 일반 등산객이기 때문에 산악 전문가들이 하는, 로프를 잡고 암벽 등반을 하기는 어렵다.

새벽 시간인데도 우리는 땀을 뻘뻘 흘리며 초콜릿을 나누어 먹으면서 걸었다.

해가 돋아 오는 모습이 너무도 아름다웠다.

빙계계곡에서의 피서

연일 온도가 37도를 오르내리는 찜통더위가 기승을 부린다. 가뭄과 고온 현상으로 인해 채솟값이 폭등하고 있다. 참으로 숨 막히는 더위다. 친구들은 인사처럼 "피서 갔다 왔니?" 하고 묻는다. 가면 좋은데 시간 내기가 쉽지 않다. 50여 분의 치매 어르신들과 37명의 직원을 두고 훌쩍 떠나기가 쉽지 않다.

그러다가 평일 오후부터 그다음 날 오전까지 하루 동안의 피서를 떠나기로 했다. 대충 고기와 먹을 것들을 차에 싣고 빙계계곡으로 떠났다.

빙계계곡은 의성군 춘산면 빙계리에 있다. 도착하여 붙여 놓은 안내판을 봤다. 밑에다 큰 글씨로 "무료입장"이라고 적어놓았다. 참으로 반가웠다. 툭하면 입장료를 받는 곳이 많은데 무료입장이라니 기분이 좋았다.

빙계계곡은 부주산과 빙산 사이에 위치한 협곡으로, 상계천의 상류인 빙계교를 기점으로 약 2km에 걸쳐 크고 작은 입석과 맑은 시냇물이 절경을 이루어 경북 8승 중 하나로 일컬으며 1987년에 군립공원으로 지정되었다. 이 계곡 빙산에는 얼음구멍(빙혈)과 바람구멍(풍혈)이 유명하며 4계절 내내 깨끗한 시냇물이 흘러 행락객과 여름 피서객에게 인기가 높은 곳이다.

예로부터 경치가 아름다워 경북 8경 가운데 하나로 꼽혔다. 깎아 세운 듯한 절벽 사이의 골짜기를 따라 시원한 물이 흐르는 이름난 빙계 8경이 있다. 빙계 8경은 계곡 입구에서부터 용추龍湫, 물레방아, 바람구멍風穴, 어진 바위仁巖, 의족, 석탑石塔, 얼음구멍氷穴, 부처막佛頂이다.

용추는 빙계계곡 물에 움푹 팬 곳으로 부처와 용이 싸울 때 생긴 것이라는 자연물 생성 기원 전설이 있는 곳이다. 최근에는 풍혈과 빙혈이 많이 알려져 여름 피서객들이 많이 찾는다. 빙계계곡은 한여름에도 얼음구멍에서 차가운 바람이 나오는 곳이라서 얼음골이라 하는데, 무더운 여름날 바람구멍 앞에 앉아 있으면 정말 신선놀음이 따로 없다.

조금 더 올라서 쌍무지개 다리가 보이면 얼음골이 가까워졌다는 말이다. 돌담길 따라서 안으로 들어가면 얼음골을 만날 수 있다. 한여름에 시원한 바람이 나오고 실제로 얼음이 언다고 한다. 반대로 추운 겨울에는 훈훈한 바람이 나온다니 참으로 신기하다. 얼음 기둥 모양의 조형물이 신기하고 잘 만들어 놓은 것 같았다.

우리는 한 곳에 자리를 잡아, 텐트를 치고 저녁 식사 준비를 했다. 가까이 수돗물이 있고 화장실도 있어서 참 좋았다. 마트에서 사 간 돼지고기와 소고기를 구웠다. 상추를 곁들여 먹으니 더욱 좋았다. 집에 있을 때는 37도를 오르내리는 한증막 같았었는데 이곳은 선풍기가 없어도 시원했다. 여러 곳에서 텐트를 치고 야영을 즐기고 있었다.

저녁 식사 후 여러 곳을 둘러봤다. 여러 곳에 빙혈이 있었다. 바위와 바위 사이의 구멍에서 찬 바람이 나온다. 마치 에어컨을 틀어 놓은 것처럼 시원한 바람이 나온다.

텐트에 마련한 잠자리에 들었다. 이불을 덮지 않고서는 잠을 잘 수 없을 만큼 선선한 가을 날씨 같았다. 새벽에는 좀 추워 이불을 당겨 덮었다. 옆집 텐트에도 다들 야영에 분주하다. 대부분 평일이니 부부간에 온 분들이 많았다.

세쌍둥이

아파트 놀이터에서 세쌍둥이가 함께 타고 있는 유모차를 본 적이 있다. 세 아이가 탈 수 있도록 특별 제작한 유모차였다. 이제 돌이 금방 지났을 것 같은 아이들이다. 옆에는 어머니가 아이들을 바라보며 잔잔한 미소를 짓고 있는 모습이다. 그 젊은 어머니의 모습이 훈장처럼 보였다. 세 아이에게 한없는 사랑을 나누어 줄 수 있는 든든한 어머니처럼 보였다.

요사이 많은 젊은이가 결혼하기를 힘들어한다. 물론 경제적으로 어려운 면도 있겠지만 결혼하지 않고 혼자 사는 1인 가구가 많고, 또 결혼하였다 하더라도 아이를 낳지 않는 가정들도 많다고 한다.

통계청이 24일 발표한 '2020년 출생·사망통계 잠정치'에 따르면 지난해 우리나라 인구는 33,000명 자연 감소했다.

지난해 우리나라 사상 처음으로 인구가 자연적으로 감소하는 인구 '데드크로스' 현상을 보였다.

인구 '데드크로스'는 사망자가 출생자보다 많아 인구가 자연적으로 감소하는 것을 의미한다. 지난해 출생아 수는 전년 대비 10% 감소한 27만 2,400명을 기록했다. 반면 사망자 수는 30만 5,100명을 기록하여 지난해 우리나라 인구는 33,000명 감소했다.

출생아 수는 2002년부터 40만 명대를 유지하다 2017년부터 30만 명대로 떨어졌다. 불과 3년 만인 2020년, 사상 처음으로 20만 명대로 진입하며 급격한 감소세를 보였다.

여자 한 명이 가임 기간에 낳을 것으로 기대되는 평균 출생아 수를 의미하는 '합계 출산율'은 0.08명 감소한 0.84명이다. 2018년(0.98명), 2019년(0.92명)에 이어 3년 연속으로 0명대를 기록하고 있다. 즉, 여성이 평생 낳는 아이가 1명도 되지 않는다는 말이다. 경제협력개발기구(OECD)에 따르면 2018년 기준 합계 출산율이 0명대인 국가는 우리나라가 유일하다.

한편, 한국은행은 코로나19의 충격이 2022년까지 이어질 것으로 예상하면서, 통계청이 예상한 2022년 합계 출산율인 0.72명보다 실제 수치가 더 밑돌 수 있음을 경고했다.

다른 사람에게 아이를 낳아야 한다고 말할 것이 아니라 우선 우리 가정부터 실천해야 한다고 생각했다.

아내의 입을 빌려 몇 명의 자녀를 키울 것인지 며느리에게 물었다.

"직장 생활하기도 힘든데 한 명만 낳아서 잘 키울게요." 했다. 옆에서 듣고 있던 나는 화가 치밀어 한마디 했다. 부모의 입장에서는 많은 손자 손녀들을 키우는 것이 기쁨이라고.

나는 한 가지 제의를 했다. 한 명은 의무적으로 낳아야 하지만 두 명 이상일 때는 자녀 한 명당 1억씩 교육비를 지원해 주고, 아이를 키울 때는 직장에 다니지 말라고 했다.

그러자 며느리는 손가락 3개를 펴 보이며 "아버님, 그럼 세 명을 키우겠습니다." 했다. 그러면 나는 3억을 주겠다고 했고, 그래서 지금은 손자 두 명이 씩씩하게 크고 있다. 어차피 나중에 유산으로 주는 것보다는 교육비로 주는 것이 좋을 것 같아서였다.

며느리에게 전화가 왔다.

"아버님 1주일 후에 아버님 생신인데 어떤 선물을 사 갈까요?"

"선물은 필요 없다. 그런데 너희 시어머니는 예쁜 손녀딸을 데리고 오기를 원하더라."

"아이고 아버님이 그렇게 생각하시지요? 호호."

부부는 일심동체一心同體라고 했다.

주차타워

건축법에는 일정 규모 이상의 건물을 지을 때는 반드시 일정 규모의 주차장 용지를 취득하게 되어 있다. 아파트 건축에도 반드시 얼마 이상의 주차장을 갖추게 되어 있다. 그래서 분양된 아파트 평수 속에는 주차장 면적이 포함되어 있다. 상가를 분양받을 때도 법에 해당하는 주차장을 갖추어야 허가를 취득할 수 있다. 만약 상가 안에 주차장이 없을 때는 주차타워를 만들 수 있다.

우리는 상가 용지에 요양원을 각각 200여 평씩 총 400여 평을 분양받았다. 물론 주차타워 대금까지 포함된 금액을 지불하였다. 그런데 세월이 많이 흐르고 세입자들도 많이 바뀌었다.

큰 상가건물이니 여러 사람이 살게 되었다. 매입하거나 분양받은 사람이 있는가 하면, 세입자로 사는 분들도 여러 명 있었다.

여러 사람이 살다 보니 여러 가지 충돌도 일어났다. 오래전부터 근무하던 관리소장이 한 명 있었다. 이 사람은 세입자들이 내는 관리비를 받는다. 그런데 오랜 기간 자기 마음대로 하다 보니 세입자들이 여러 가지 불만을 표출하였다. 적어도 관리하는 분은 합리적이고 공평해야 하는데 그렇지 못한 것 같았다. 자기 마음대로 주차타워를 골프연습장 사장에게 빌려 주고, 더욱 가관인 것은 주차타워 앞으로 나오는 세금과 관리비까지도 전체 주민에게 나누어 청구하였다.

세입자들은 혹시 불이익을 당할까 봐 아무 말도 못 하고 그대로 내고 있었다. 하지만 아닌 것은 아니라고 말 잘하는 나는 관리소장을 불러 이것은 아니라고 이야기했다. 그러자 관리소장은 오래전부터 관습적으로 그렇게 해 왔다고 이야기했다. '관습적으로 해 왔어도 잘못된 곳은 고쳐야 한다. 만약 당신이 그렇게 한다면 골프연습장 사장에게 향응을 받았거나 어떤 대접을 받았다고 생각할 수 있다.'고 했다. 나는 아닌 비용을 공제하고 관리비를 냈다. 그러자, 관리소장은 자기는 관리하기가 힘들다고 이야기했다. 하지만 힘들다고 소장이 우리가 내지 않아야 할 돈을 내는 것은 공평의 원칙에서 어긋나는 것이다.

오늘날 우리 사회에서 일어나는 많은 문제는 공평하지 않은 데서 일어난다. 많은 사람이 데모하고 불평하는 것은 공평하지 않기 때문이다.

작은 것부터 고쳐 나가야 한다. 처음에는 힘들고 고통스럽더라도 잘못된 관습이나 제도는 고쳐야 한다. 누구나 공평하게 대우받는 세상이 되도록 노력해야 한다. 우리는 물론 우리 후손까지도 공평하고 정의로운 세상에서 살도록 모두가 노력해야 할 것이다.

임금 계약의 어려움

매년 연말이 다가오면 근로자들과 새해 임금 계약을 해야 한다. 국가에서 정한 최저임금을 참조해서 임금 계약을 한다. 그런 것이 없는 경우에는 어려움이 많다.

근로자는 최대한 많이 받고 싶고, 사용자는 적당한 선에서 지급하고 싶다. 그래서 다른 동일업소의 임금형태를 많이 참조한다. 계약을 할 때는 연차도 중요한 고려사항이다. 회사가 어려워 올해는 한 사람당 월 10만 원씩 봉급을 인상해 주기로 마음먹고 있었다. 한 사람 한 사람씩 불러 임금 계약을 했다. 분위기를 부드럽게 하기 위해 음료수 한 병씩을 미리 대접했다.

회사 사정을 말하고 올해 이 정도로 봉급을 인상할 수 있다 하면, 어떤 직원은 저에게 일자리를 주신 것만도 고맙고 감사한데 임금까지 올려주시니 너무나 고맙다는 말을 한다. 어떤 직원은 자기는 몇 배로 일을 하기 때문에 다른 사람보다 더 많이 받아야 한다고 우겨대기도 한다. 그러나 사실과 다르다. 일을 몇 배로 한다는 사람을 보면, 시작 시간 5분 전에 출근하고 마침 시간이 무섭게 보따리를 챙겨서 퇴근한다. 마치 어떤 교사가 수업 시간에 '을지문덕'을 설명하다가 '을지' 하다가 종이 울리니 '문덕'은 다음 시간에 하자는 사람과도 비슷하다. 물론 일하는 동안 질적인 면이 우수한지는 모르겠지만.

임금 교섭은 참으로 힘들다. 어떤 직원은 남들은 전혀 생각하지도 않고 자기만 남들보다 더 나은 대우를 받아야 한다고 이야기한다. 그것은 잘못된 발상이다. 한두 사람 때문에 전체 분위기를 흐린다. 사실 그런 사람은 임금 교섭에서 제외시키고 싶다. 그것이 관리자의 고충이다. 직원들과 화합하지 못하고 자기주장만을 내세우는 자가 그러하다. 또한 말이 너무 많아 일보다 말로 한몫하는 사람도 마찬가지다.

4
나이테

같은 것을 찾을 수만 있다면

우리 부부는 맞는 것이라고는 거의 없었다. 성장 과정이 판이하게 다르니 말이다. 한 사람은 아주 부잣집 7남매 막내딸이다. 그러니 배고픈 심정을 모르고 끼니를 굶어본 적이 전혀 없는 사람이다. 한 사람은 땟거리가 궁한 가난한 소작농의 7남매 맏아들이다. 점심을 못 먹고 집으로 가다가 제사 지내고 귀신 먹으라고 대문 앞에 던져 놓은 고수레 떡도 주워 먹어본 사람이다. 그러니 생각하는 방향도 달랐고, 행동도 달랐다. 그러니 가끔 충돌도 일어났다.

가난하게 살던 신혼 초의 이야기다.

봉급을 받으면 빌린 돈의 이자도 줘야 하고 곗돈도 넣어야 했다. 그런데 아내는 시장에 가서 쌀이며 과일이며, 보름치 먹을 것을 한꺼번에 사 왔다. 그렇게 사면 더 절약된다고 했다. 나는 필요한 것을 조금씩 사 왔으면 좋겠다고 생각했다.

우리는 신혼 초에 아주 알뜰하게 살았다. 빈병을 주워서 밀가루와 바꾸어 빵을 만들어 먹었다. 사과를 사더라도 아주 맛있는 사과를 고르는 것이 아니라, 양이 많고 값이 싼 흠 있는 사과를 살수밖에 없었다. 하여튼 사람이 할 수 있는 최선의 방법을 택할 수밖에 없었다. 그것이 가난을 이기는 방법이었다.

나중에는 목욕탕 주인이 되었지만, 목욕비를 아끼기 위해 물을 데워서 보일러실에서 씻었다.

43년을 함께 살다 보니 서로의 모난 곳이 많이 무디어져 갔다. 우리 부부는 결혼 40주년 기념으로 알프스 3대 트레킹을 떠났다. "백 년의 인연이 있어야 같은 배를 탈 수 있고, 천 년의 인연이 있어야 같은 잠자리에 들 수 있다."는 말이 있듯이 늘 변함없이 곁을 지켜주는 가족인데 바쁘게 살다 보니 소중함도 잊고 살았다.

'걸어서 세계 속으로' 알프스 '3대 미봉' 융프라우, 몽블랑, 마터호른.

신이 빚어냈다는 알프스의 보석, 해발 4,158m의 융프라우는 알프스 지역에서 가장 처음으로 유네스코 세계자연유산으로 지정된 곳이다.

'젊은 여성'이라는 뜻의 융프라우에서 만년설을 트레킹하며 여러 봉우리와 광활하게 펼쳐진 빙하를 볼 수 있었다. 프랑스와 이탈리아에 걸쳐 있는 해발 4,807m의 알프스 최고봉 몽블랑은 산꼭대기에 4계절 내내 눈이 쌓여 언제 봐도 장관을 이루는 곳이다.

'초지에 솟은 뿔'이라는 뜻의 해발 4,478m 높이의 마터호른은 깨끗한 자연경관과 아름다운 호수를 품고 있어 알프스의 꽃이라 불린다. 마터호른 기슭에 자리한 청정마을로 산악열차를 타고 올라가 웅장한 자태를 뽐내는 마터호른을 눈에 담았다.

눈이 가득 쌓여 있는데도 풀이 자라나 있었다. 가도 가도 끝이 없는 길이었다. 바위가 많은 산길이라 올라가기가 무척 힘들었다.

15명의 여행객 중에서 우리 부부는 항상 꼴찌였다. 그런데 스위스 산악 가이드는 우리 부부를 맨 앞에 세웠다. 발가락에 물집도 생기고 참으로 지쳐 있었다.

잊을 수 없는 우리의 여행이었다.

기적 같은 삶

알베르트 아인슈타인은 "인생에는 두 종류의 삶이 있는데 하나는 기적 같은 삶이고, 다른 하나는 기적과 무관한 삶이다."라고 했다.

나의 삶도 이 두 가지 중 하나일 것이다. 그런데 분명히 나는 전자의 삶을 살았다.

통계청에 따르면 작년 한 해에만 우리나라에서 30만 명이 사망했다. 매일 800명 이상이 죽는다는 소리다. 그게 자연사일 수도 있고, 사고사나 병사 혹은 자신의 극단적인 선택일 수도 있다. 어찌 됐건 우리나라에서만 하루에 800명이다. 이 800명에 내가 혹은 내 주변 사람들이 포함되지 말라는 법이 있을까?

잘 생각해 보면 우리가 사는 하루하루가 기적의 연속이다. 밤에 침대에 누워 잠을 자고, 아침에 온전히 눈을 뜰 수 있는 것조차도. 매일 생일을 기억하며 사는 것처럼 매 순간 죽음을 떠올리며 살아야 한다. 역설적이지만 죽음을 생각하며 살 때, 우리는 비로소 삶의 소중함을 깨달을 수 있다. 우리는 모두 기적 같은 하루를 살아가고 있다.

내가 이 세상에 태어난 것도, 내가 학업을 마친 것도, 내가 결혼한 것과 사업을 한 것도 모두 기적 같은 일이었다. 이런 모든 일들이 내 능력으로 살아온 결과라 할지라도, 그때그때 기적이 아니면 불가능했다고 생각한다. 다른 사람은 순리대로 능력대로 살아왔다고 할지 몰라도 나는 절대 아니다. 물론 내가 살아오면서 아픔이 있었고 힘든 점도 많았지만, 그런 고통은 아무것도 아니었다. 나는 기적 같은 삶을 살아왔다고 자신 있게 말할 수 있다.

강철도 제련하지 않으면 견고해질 수 없는 것처럼 사람이라고 다르겠는가?

나의 첫 번째 기적은 가난한 가정에서 학업을 마친 것이다. 나는 가난한 농촌, 끼니마저 걱정해야 하는 가정의 7남매 장남으로 태어났다. 아버지는 가진 농토가 얼마 되지 않아 남의 농사를 지어 주고 몇 푼의 삯을 받아 살아가는 소작농이었기 때문에 나는 학교마저 다니기 힘들었다. 하지만 나는 그 어려움에 묻혀 있지 않고 벌떡 일어나, 학생들을 가르치는 그룹 과외지도를 통해 대학을 졸업할 수 있었다. 한 번도 등록금을 기한 내에 내어 본 적은 없었지만 말이다.

두 번째 기적은 결혼이었다. 나는 3살 때 소아마비를 앓아 평생을 절뚝거리며 쓸쓸하게 살아갈 사람이었다. 흠이 있는 과일은 싸게 판매하듯이 나의 결혼도 그런 경우인지 모른다. 그렇지만 그런 통념은 나에게 적용되지 않았다. 대학을 졸업한 부잣집 막내딸이 직장을 그만두고 나와 인생을 함께했다. 기적이 아니고는 있을 수 없는 일이었다.

세 번째 기적은 1981년 4월 19일 직장인 ○○고등학교 숙직실에서 연탄가스 중독으로 3일 만에 깨어난 사건이다. 학교에서도 3일 동안 내가 깨어나지 못하자, 재단 관계자들이 모여 사후死後에 관한 대책 회의를 했다고 한다.
기적이 아니고는 있을 수 없는 일이었다.

네 번째 기적은 가난 속에서 힘든 삶을 헤엄쳐 오며 절약으로 모은 돈(5%)과 나머지 95%를 빌려 대중목욕탕을 인수한 일이다.

또, 몇 년 만에 부채를 다 갚고 다른 사업을 벌여, 몇십 억짜리 학교(중고등학교, 학생 수 900여 명, 교직원 수 38명)를 인수하여 운영한 것이다.

다섯 번째 기적은 고등학교에서 근무할 때 학생 한 사람 한 사람의 발을 씻겨 주며 열정적으로 가르친 덕분에, 그 제자들 10명이 35년 동안이나 한 해도 쉬지 않고 나와 내 아내에게 선물을 주며 푸짐한 잔치를 열어 준 것이었다.

25년째 되던 해에는 그 사연이 MBC 저녁 9시 뉴스에 두 번 방영되었던 것도 기적이었다.

여섯 번째 기적은 결혼 40주년을 맞아 아내와 손잡고 불편한 몸으로 유럽 알프스 3대 미봉을 트레킹한 일이다.

일곱 번째 기적은 살아오면서 아내의 손을 빌려 여섯 가지 사업을 했는데, 하나도 실패하지 않고 다 성공했다는 것이다. 이제 마지막 사업으로 치매 어르신을 모시는 노인 요양원을 운영하고 있다. 50여 분의 치매 어르신들과 37명 직원의 어깨를 두드려 주며 오늘도 나는 감사한 마음으로 살아가고 있다.

나는 이 글을 쓰며 감정에 북받쳐 울고 있다. 이 외에도 수많은 기적들이 있다. 생각하니 모든 것이 하나님의 은혜였고, 축복이었다. 기도하는 마음과 감사하는 마음으로 살아왔고, 앞으로도 그렇게 살아가고자 한다.

할렐루야!

나는 왜 수필을 쓰는가

나에게 있어서 수필은 일종의 치유治癒문학이다. 수필을 쓰면 살아오면서 친구, 동료, 제자, 아내에게 평소 못 했던 이야기를 할 수 있어서 좋다. 마치 술에 취한 사람들이 술의 힘을 빌려 이야기하는 것과도 같다. 나는 36년 동안 학생들에게 국어를 가르치면서도 한 편의 떳떳한 글도 발표하지 못한 부끄러움으로, 참회록懺悔錄을 쓰는 심정으로 글을 쓴다. 문학 지식이 부족해 나의 마음속에 있는 생각들을 다 표현하지 못한다고 할지라도, 도자기를 만드는 도공처럼 정성스럽게 쓴다.

나는 노방초路傍草를 좋아한다. 노방초는 길거리에 아무렇게나 돋아난 풀들로, 사람들과 짐승들이 다니며 마구 밟고 밟히더라도 끈덕지게 돋아난 잡풀을 말한다. 내 인생도 그러했다.

몇 번의 죽을 고비도 넘겼고, 배가 고파 누군가 제사 지내고 대문 앞에 버려둔 고수레떡도 주워 먹을 만큼 가난했다. 아닌 것은 아니라고 말하는 나는, 하찮은 이유를 들어 오랫동안 근무했던 직장에서 쫓겨날 위기에도 당당하게 싸워서 이겨냈다.

나는 지금 참으로 행복하다. 말할 이야깃거리가 많아서 행복하다. 어떤 글은 감정에 북받쳐 울면서 가슴으로 쓴 글도 있다. 응어리 맺혔던 일들이 글을 쓰면서 치유됨을 느껴서 행복하다. 그저 손으로 쓴 글도 있지만, 성악가가 복식호흡하며 가슴 속 깊은 곳에서 소리를 내듯이 내 가슴속에 있는 이야기를 그대로 꺼내 적은 것도 많다. 어떤 사람의 눈치도 보지 않고 내 마음껏 이야기를 다 할 수 있어서 좋다. 그런 마음에서 나는 죽을 때까지 수필을 쓰고자 한다.

한 편의 수필을 쓰고 다시 읽어 보면 후련함이 느껴진다. 어떤 글은 읽고 나서 조금 고치고 몇 번을 고칠 때도 있다. 그것은 마치 조각가가 멋진 조각품을 만들어 놓고 기쁨을 느끼는 것과도 같다. 나의 마음속에 있는 애절한 이야기를 누군가에게 하고 싶을 때 나는 글을 쓴다. 그것은 마치 가톨릭의 고해성사와도 같다. 나의 이야기를 누군가에게 알릴 때의 후련함 때문이다.

이야기 하나하나를 하고 나서 생기는 후련함은 어떤 것과도 비교할 수 없다. 어떤 때는 반성하는 글을 쓸 때도 있다. 그때 이렇게 해야 했는데…, 할 때도 있다.

어떤 사람이 말[馬]을 사슴[鹿]이라고 한다면 적어도 글을 쓰는 사람은 그것을 말이라고 할 수 있는 용기가 필요하다. 잘못된 것을 보고도 좋은 게 좋다고 말하는 것이 아니라, 아닌 것은 아니라고 말할 수 있는 용기가 필요하다. 그것이 글을 쓰는 사람의 자세이다.

나는 정말 꼰대인가

꼰대란 노인, 기성세대나 선생을 뜻하는 언어이자 비칭으로, 의미 그대로 권위주의적 사고방식을 가진 사람들을 비하하는 데 사용되는 단어이다.

꼰대의 어원은 번데기의 영남 사투리인 '꼰데기'에서 왔다는 주장이 있다. 주름이 많은 장년층을 지칭하는 속어에서 비롯됐다는 설이다. 두 번째 어원으로 프랑스어로 백작을 의미하는 '콩테 Comte'를 일본식으로 부르면서 '꼰대'라 자랑스럽게 칭한 데서 유래되었다는 설도 있다.

흔히 생각하듯 꼰대의 첫 번째 어원처럼 나이를 먹은 노인이라고 하면 기성세대에서 꼰대를 발견할 확률은 젊은 세대보다 높은 편이다.

시간이 흐르면 누구나 나이를 먹는다. 나이를 먹는다는 것은 자신의 경험이 쌓이고 자신만의 고유한 시각이 뚜렷해진다는 것을 의미한다. 그러다 보면 자신이 겪은 세상 경험이 자신에게는 절대적 진실이 되고 자신의 정체성과 생각을 뒷받침하는 강력한 증거 자료가 된다. 문제는 그렇게 나이를 먹고 나면 다른 세대 다른 경험에서 나오는 행동과 생각들이 이해되지 않고, 자신의 기준에서 볼 때 수정해야 할 잘못으로 느껴진다는 것이다.

나도 나이를 먹어 평생 나를 지탱해왔던 확고한 믿음이 분리수거도 안 되는 쓰레기가 되었을 때 그것을 시원하게 버리고 새것을 배울 힘이 있어야겠다고 생각해 본다.

상담 심리학을 공부한 나는 상담 자원봉사자로 25년을 봉사해왔다.

대학생인 3남매 자녀들을 앉혀 놓고 결혼에 관한 이야기를 했다.

"이제 대학을 졸업하면 결혼을 해야 하는데, 엄마 아빠가 너희 짝을 구해 줄 수는 없다. 자기 짝은 자신이 구해야 한다. 6개월에서 1년 정도 사귀어 보고 정말 배우자로 마음에 들면 반드시 아빠와 상담해다오. 상담해 보고 괜찮으면 허락을 하겠다. 그리고 참고할 사항은 결혼식 날 상대방의 부모님이 엄마, 아빠의 손을 잡고 축가를 불러줄 수 있는 사람이면 참 좋겠다."

합창단에서 오랫동안 활동한 덕분에 자신 있게 이야기했다. 그 후 몇 달이 지나 아들이 상담 요청을 해 왔다.

"아버지 내 여자 친구 직업이 어머니와 똑같아도 괜찮겠습니까?"

전혀 관계가 없다고 하고 1시간 동안 1:1 상담을 했다.

며느릿감을 만나 성장 과정이며 교육 환경, 직장에서의 생활 등 가치관과 관계되는 여러 가지를 물었다. 그리고 만약 결혼하게 된다면 결혼식 날 부모님과 함께 결혼 축가도 부를 수 있느냐고 물었더니 할 수 있다고 했다. 내 생각으로는 참 괜찮은 며느릿감 이었다. 아내도 만족했다.

그날 백화점 귀금속상에 가서 진주 목걸이를 사서 선물했다.

그 후 사돈 될 분들을 만나 결혼 날짜를 정하고 결혼 축가 연습 을 논의했다. 노래는 아들과 며느리 될 사람이 논의하여 곡명을 정하고, 지휘자와 반주자를 불러 6번의 연습을 했다.

노래하는 가수는 아니지만 사돈 네 사람이 손을 맞잡고 자녀의 결혼식에서 말로써 다 하지 못한 말들을 노래로 할 수 있다는 것 은 의미 있는 일이었다.

결혼식 날 500여 명의 축하객이 모인 곳에서 그런대로 축가를 부르고 큰 박수를 받았다. 주례자는 20년간 주례하면서 사돈 네 사람이 축가 하는 것은 처음 보았다고 했다.

그 후 몇 달이 지나고 아내는 아들과 며느리에게 자녀를 몇 명 키울 것인가를 물었다. 며느리는 직장 생활도 힘들고 한 명만 낳아 잘 키운다고 했다. 난 다시 이야기했다. 부모 된 처지에서는 손자 손녀를 많이 낳아 키우는 것이 기쁨이라 하고 아이 한 명 낳을 때마다 교육비로 1억을 지원해 준다고 하였다. 며느리는 3명의 자녀를 낳겠다고 했지만 지금은 손자 둘만 잘 키우고 있다. 어차피 내가 나이 들어 죽을 때 유산으로 아들에게 주는 것보다는 손자 교육비로 지원하는 것이 좀 괜찮은 일이라 생각했다.

어느 날 며느리에게서 전화가 왔다.

"아버님! 1주일 후에 아버님 생신인데 어떤 선물을 사 갔으면 좋겠습니까?"

"선물은 필요 없다. 그런데 너희 시어머니는 예쁜 손녀딸을 받고 싶어 하더라."

"아이, 아버님도 그렇게 생각하고 계시지요?"

혹시 며느리는 시아버지를 꼰대라고 생각하지 않을까.

결산 및 감사보고

조합원 여러분 안녕하십니까? 감사 김경환입니다.

KTX신도시지구 도시개발 사업 조합의 사무 및 회계에 관한 감산 결과를 보고드리겠습니다.

2016년 창립총회 전부터 2020년까지 조합의 회계에 관한 장부와 관련 부속서류의 집행에 관하여 이시형 감사님과 꼼꼼히 검토한바 전반적으로 회계기준과 관련 규정에 따라 적정하게 집행되었음을 확인하였습니다.

그동안 두 차례 대의원 총회에서 보고드렸습니다만, 매년 결산 감사를 할 때마다 다른 조합과 비교해 보기도 하고, 개인적으로 공인회계사에게 자문하는 등 감사로서 직무 연찬을 통하여 나름대로 철저히 감사하였습니다.

사업의 목적과 관계 법령에 위배되지 않게 예산을 집행했는지, 조합원들의 권익 보호를 위해 얼마나 노력하고 있는지를 정말 꼼꼼히 살펴보았습니다.

관리자인 조합장께서 오랜 공직생활로 근검절약 정신이 철저히 몸에 배어 적절하게 집행한 것을 확인하였습니다.

2017년 11월 15일 포항지진으로 사업이 어려움에 부닥쳐 있을 때 자진해서 임직원들의 봉급을 삭감했었던 사례도 있었습니다.

감사할 때 다소 부족한 사항들을 지적했을 때는 바로 시정하는 등 업무추진과 회계 집행에 문제점이 없었음을 보고드립니다.

회계 연도별 자세한 결산 명세와 감사 보고서는 배부해 드린 회의 책자를 참고하시기 바라며 2021년도 회계감사는 조합 정관 36조 제4항의 규정에 따라 '회계 종료일로부터 3월 이내에 하도록 규정'되어 있는바 빠른 시일 내에 회계감사를 실시하고 그 결과를 대의원회 의결을 거쳐 다음 정기총회 때 보고드리겠습니다.

이상으로 결산 및 감사보고를 마칩니다.

혹시 질문이 있으시면 지금 해 주시면 좋겠습니다.

여러분들의 귀중한 재산이 잘 지켜질 수 있도록 철저히 감독하겠습니다.

감사합니다.

나에게 찾아온 부도수표富道手票

누가 나에게 5%의 자본금이 있는데 95%를 빌려서 사업을 해도 되느냐고 물으면 그를 다시 한번 쳐다보며 "그 사람 참 욕심이 많네. 안 됩니다."라고 말할 것이다. 그리고 몇 달이 지나지 않아 그 5%의 자본금마저 달아나 버린다고 말할 것이다. 다른 사람들도 대부분 그렇게 대답할 것이다.

지금부터 40여 년 전의 일이다. 1981년 4년 차 교사로 고등학교에서 근무하고 있었다. 아내는 학교를 졸업하고 24살의 앳된 나이로 나와 결혼했다. 부유한 가정에서 자란 아내는 나의 봉급으로 살아가기 힘들었는지 속옷 보따리 장사를 시작했다. 이 집 저 집을 다니며 속옷을 팔았다. 아내는 동네에 제법 큰 대중목욕탕이 있어 그곳에 물건도 팔 겸 자주 방문했다. 그래서 목욕탕 여

주인과 친하게 되었다. 가끔 여주인이 볼일이 있을 때는 돈을 받는 계산대를 아내에게 맡기기도 했다.

그런데 어느 날 아내가 나에게 이런 말을 하는 것이었다. "여보 우리가 다니는 ○○목욕탕 있잖아. 그것 매각한대, 그 사장님이 다른 곳에 더 큰 목욕탕을 지었대." 욕심이 많은 나는 호기심 어린 마음으로 "그것 얼마인데?" 마치 고기 한 근 값을 묻는 마음으로 쉽게 물어 보았다. "우리가 산다면 1억에 줄 수 있대." 40년 전의 1억은 지금의 1억과는 비교할 수가 없다. 당시 주택 공사에서 분양하는 서민 아파트 1채가 500만 원 정도 했으니 아파트 20채 값이다.

우리는 돈을 절약하기 위해 학교에서 10km 정도 떨어진 읍 소재지에서 방 1칸을 50만 원의 전세금을 주고 살았다. 결혼할 때 가져온 전자 제품들은 주인 집 창고에 넣어 놓고.

아내는 그 목욕탕을 사고 싶어 했다. 하지만 내가 마련할 수 있는 돈은 500만 원뿐이었다. 아내와 나는 밤이 깊도록 목욕탕 매입 문제에 관해 이야기를 나누었다. 오빠에게 2,000만 원 빌리고, 언니에게 2,000만 원 빌리고, 시누이에게 1,000, 은행 융자 3,000만 원 또 목욕탕에 딸린 슈퍼, 이발소, 원룸 등의 전세금, 연금공단 대출 등 계산상으로는 맞출 수가 있었다. 5%의 내 자금을 가지고 95%를 빌려서 사업을 한다는 것은 아주 위험한 도박 행위이다. 만약 실패라도 한다면 형제간의 우애도 끊어지게 되고, 패가망신하게 된다.

그러나 두 사람의 기도하는 마음과 아르바이트로 대학을 졸업한 나의 열정을 믿고, 목욕탕을 인수하게 되었다. 만약 돈을 빌려주어 받을 수 없는 사람이라면, 어떤 형제가 돈을 빌려 주겠는가? 그래도 형제들이 믿고 돈을 차용해 주어서 감사했다.

교사라고 해서 평생 가난하게만 살 수는 없다. 할 수만 있으면 잘살 수 있는 길을 찾아야 한다. 가만히 앉아서 부富가 찾아오기를 기다려서는 안 된다. 스스로 찾도록 노력해야 한다. 대중목욕탕은 매일매일 현금이 들어온다. 세금도 별로 없다. 인건비 걱정도 별로 하지 않는다. 시골에서 농사짓던 부모님과 아내에게 운영을 맡겼으니 말이다. 또 운영 방법으로는 무조건 손님들에게 최선의 친절과 청결, 고개 숙임이 필요했다.

내부 수리를 최신식으로 하니 손님이 더 많이 증가했다. 나는 공휴일과 퇴근 후에는 목욕탕을 돌본다. 전기 수리, 타일 수리, 보일러 수리는 내 몫이고, 매일매일 들어온 수입은 내가 계산한다. 청소가 다 끝나면 밤 11시쯤 된다. 그때야 목욕탕에 들어가 이것저것 수리했다.

어느 공휴일, 계산대에 앉아 손님을 받았다. 그날 마침 보일러 기사가 몸이 아파 결근했다. 남탕에서 고함이 났다. 쫓아 올라가 보니 씨름선수같이 아주 건장한 분이 등을 밀어 달라고 했다. "야! 내 등 좀 밀어줘." 나는 "예." 하며 탕 안으로 들어갔다. 세신(때밀이)은 보통 보일러 기사가 맡아서 하고 돈을 받았다. 그 손님은 100kg도 훨씬 넘어 보였다. "더 세게 밀어라." 나를 세신 하는 사람으로 알고 있는 모양이다. 힘껏 등을 밀었다. "시원하십니까?" 물으니 "그래 시원하다."라고 말했다. 30대 성인인 나에게 반말을 한다. 다른 곳 같으면 왜 반말하느냐고 따지겠지만 영업을 하다 보니 어쩔 수 없었다. 그래서 옛말에 "장사 똥은 개도 먹지 않는다."고 하지 않던가?

그 후 남탕 안에 10여 명의 손님이 그 씨름선수 같은 트럭 기사에게 아까 등을 밀어준 사람이 때를 미는 사람이 아니고 고등학교 교사인 이 집 주인이라고 했다. 그가 나갈 때 내가 먼저 "목욕 잘하셨습니까?"라고 하니 고개를 푹 숙이고 나지막한 소리로 "예." 하고는 얼른 가버렸다.

목욕탕 수리를 하고 최선을 다해 친절을 베풀다 보니 하루하루 수입이 많이 늘었다. 어떤 날은 하루 수입이 내가 받는 한 달 봉급과도 비슷했다.

티끌 모아 태산이라고 하루하루 수입이 한 달간 모이니 많은 돈이 되고, 몇 년이 지나자 처음 목욕탕을 인수할 때 빌렸던 돈을 다 갚을 수 있었다. 그 수입은 7남매 동생들의 교육비로, 결혼 자금으로 유용하게 지출되었다.

 간절한 꿈은 이루어지는 법이다. 목욕탕을 인수할 때 아내와 같이, 긴 밤 지새우다시피 이야기한 꿈이 이루어졌다. 우리 돈을 모으면 거창고등학교와 같은 사학을 인수하여 평생 교육자로 삶을 마감하고 싶었다. 평소 가까이 모셨던 고등학교 1학년 때 담임 선생님을 스승의 날이 다가오자 인사차 찾아갔다.

 "김 선생, 자네는 열심히 직장 생활하고 또 사업을 해서 돈을 많이 벌었으니, 사학법인(사립학교)을 하나 인수해서 자네가 경영하는 것이 어떤가. 군 소재지의 학교인데 중·고등학교이고, 학생 수는 900여 명, 교직원 수는 38명, 운동장도 12,000평이야. 학교 재단이 어려워서 매각하려고 하니 자네가 인수하면 어떨까? 인수 금액은 ○○억인데 아주 괜찮은 학교야. 우선 자네가 교장 자격을 받을 때까지는 내가 맡아서 관리해 주겠네."

 사립학교 인수는 돈을 주고 재단이사財團理事를 바꾸면 되는 것이다. 우리는 마지막 돈을 지불하고 이사장을 바꾸었다. 아내를 이사장으로 앉혔다.

재단을 인수하고 이사장 취임식이 있었다. 900여 명의 학생과 38명의 교직원, 그리고 교육청 손님들과 학부모들 앞에서 내가 이사장 대신 축사를 했다. 축사하는 도중 눈물이 났다. 손수건을 꺼내 눈물을 닦았다. 지난날 배가 고파 길거리의 고수레떡을 주워 먹던 일, 남이 먹다 버린 꽁치 토막을 주워 먹던 일, 과외 교습으로 대학을 다닐 때 밀린 과외비 받으러 갔다가 보호자로부터 봉변당했던 일 등이 활동사진처럼 떠올라 축사를 하다가 엉엉 울고 말았다.

글쓰기

내가 글쓰기를 시작한 것은 중학교 2학년 때부터다. 지금도 활동하고 계신 원로 시인 P 선생님이 국어 과목을 맡으셨다. 선생님은 수업 시간에 우리에게 "여러분 중에 글쓰기를 공부하고 싶은 사람은 대학 노트 두꺼운 것을 한 권씩 사 1주일에 한 편씩 글을 써 오면 읽어 보고 지도하는 댓글을 달아 주겠다."고 하셨다. 그래서 나와 몇몇 학생들은 매주 한 편의 글을 써서 선생님께 제출했다. 선생님께서는 자상하게도 내가 쓴 글 마지막 줄에 푸른색의 작은 색지를 붙여 댓글을 달아 주셨다. 수사법이며, 표현 방법 등 여러 가지를 지적해 주셨다. 그래서 국어에 더 취미가 붙어 더 열심히 공부하게 되었고, 대학도 국어국문학과를 선택하였다.

학교를 졸업하고 고등학교 교사가 된 나는 글을 써 보려고 생각해 보았지만, 당시 나의 환경이 조용히 글을 쓸 수 있는 입장이 못 되었다. 국어국문학과에 다니면서도 글을 쓰기는커녕 학생들을 그룹 지도하여 등록금과 자취비를 벌어야 해서, 감히 글쓰기는 엄두도 못 낼 입장이었다. 고등학교 국어 교사가 된 나는 입시 지도 담당 교사가 되었고, 그때도 글을 쓸 수 있는 시간이 허락되지 않았다. 36년 교직 생활에 34년을 아내를 앞세워 사업을 하다 보니, 글쓰기와는 너무나도 먼 곳에 와 있었다.

교직 생활을 정년퇴직하고 새로운 사업을 시작하여 사업주가 된 지금 분주하게 살지만, 내가 운영하는 회사니 글을 쓸 수 있는 시간이 있다. 없어도 마련하여 있게 할 수 있다.

이제 시작해 보고자 한다. 친구들이나 옛날 직장 동료들 중 열심히 글을 써서 문단의 중요한 위치에 있는 분들도 많다. 나는 많이 늦었다. 그런데 늦었다고 한탄만 하고 있으면 한 편의 글도 쓸수 없다. 지금부터 시작이다. 옛날 전공과목 시간의 기억을 되살려 배경지식 삼아 부지런히 글을 쓰고자 한다.

문학의 5대 장르 중에서 수필을 택했다. 수필은 삶과 자연에 대한 느낌과 생각을 일정한 형식 없이 써 내려가는 산문의 종류로서, 글쓴이의 심상을 형식에 얽매이지 않고 자유롭게 표현할 수 있는 문학 장르다.

소설이나 시의 형상화 과정과는 좀 다르게 글쓴이의 내면에 존재하는 사유를 깊은 철학관과 가치관, 윤리관 등을 통해서 직설적으로 표현한다는 데 특징이 있다. 그만큼 수필은 남다른 감동과 깨달음을 주는 장르라 할 수 있다. 글쓰기의 기본과 깊고 건전한 사고와 현실을 바라보는 태도가 중요하다고 수업 시간에 배운 적이 있다.

또 어떤 수필가는 수필에 관해 "철학과 역사, 정보와 지식, 이성과 경험의 영향을 받아 자신의 주체적 언어로 세계를 창조하는 문학 갈래로 정의되어야 한다."라고 말했다.

나는 죽을 때까지 글을 쓰며 살아가고자 한다. 좀 더 배우고 익혀서 말이다.

글쓰기도 그렇다. 교직 생활 36년 동안 한 편의 글도 쓰지 못하다가 퇴직 후 글쓰기 교실을 통해 6개월 동안 18편의 글을 썼다. 언제나 내 인생의 깊은 우물에서 길어 올린 글을 쓰도록 노력했다. 맑은 영혼으로 소담스럽게 엮고 풀어낸 이야기를 적고 싶었다. 그러다가 나의 글이 어떤지 평가를 한번 받아 보고 싶었다. 6개월 동안에 쓴 18편의 글을 말이다. 출판사마다 신인 작품상 응모를 한다. 한 출판사마다 각각 다른 세 작품씩 6개 출판사에 응모했는데 다섯 군데 출판사에 합격했다. 각 출판사마다 내가 보낸 작품으로 신인 문학상을 수여하겠으니, 당선 소감문을 적어 달라고 한다. 욕심 같아서는 다섯 군데 모두에서 신인 문학상을 받았으면 좋겠지만, 한 군데만 선택해야 한다. 그래서 역사가 오래되고 글 쓰는 분들이 많은 종합 중앙문예지 한 곳을 택했다.

우리가 여행할 때 좋은 가이드를 만나면 여행이 풍요로울 수 있다. 글쓰기도 좋은 스승을 만나야 한다. 제자는 항상 스승을 닮기 때문이다.

나이테

나무를 가로로 잘랐을 때 보이는 동심원 모양의 테를 나이테라고 한다. 나이테는 계절의 변화에 따른 생장의 차이로 생기기 때문에 1년에 하나씩 생긴다. 사람에게도 나이테가 있다. 이를 연륜이라고 한다.

나는 1950년대를 겪었다. 이때는 6.25 사변이 일어나고 얼마 안 된 시절이라 모두가 배고픈 시대였다. 우리 아버지는 순수하게 흙을 파서 살아가는 가난한 농부였다. 나는 농사지을 땅이 얼마 되지 않아 남의 농사를 지어 주고 삯을 몇 푼 받아 살아가는 소작농의 아들이었다. 그러다 보니 흉년이 들면 참으로 배가 고팠다. 쌀이 떨어져 이웃에 한 가마니 빌리면 가을에 가서는 두 가마니를 갚아야 했다. 이자율이 100%인 셈이다.

한창 자랄 때라 나는 고기를 좀 먹고 싶었다. 우리 집에서는 1년에 두 번 고기 맛을 볼 수 있었다. 설날과 추석이었다. 이때는 닭을 한 마리 잡아, 가마솥에 넣고 여러 가지 야채를 가득 채워 끓여 한 3일 동안은 맛있게 먹을 수가 있었다.

7남매 장남으로 태어난 나에게 우리 아버지는 "너는 중학교만 졸업하고 기술을 배워 살아가라."고 여러 차례 말씀하셨다. 아마 아버지 힘으로 7남매를 다 교육하기가 힘드신 모양이었다. 그래도 나는 공부가 더 하고 싶었다. 나는 3살 때 소아마비를 앓아 항상 절뚝거리며 걸어 친구들의 놀림감이 되곤 했다. 고등학교까지는 힘들게 졸업했다. 대학에 가고 싶었다. 그런데 땅 몇 마지기로 살아가는 우리 가정에서 대학 시키기는 꿈만 같은 일이었다. 그래도 나는 부모님 몰래 수능을 치고 대학 시험에 합격했다. 보름 동안 아버지께 애원했다. 한 번의 등록금만 대어 주시면 나머지 일곱 번은 제가 벌어서 가겠노라고.

우리 집에 있는 재산이라고는 농사짓는 소 한 마리뿐이었다. 내가 몸만 건강하면 공사판에 가서 막노동이라도 하겠지만 소아마비를 앓아 절뚝거리는 몸으로 돈을 버는 것은 제한적이었다. 소를 팔고 나서 아버지의 눈에 맺힌 눈물을 평생 살면서 잊을 수가 없다. 뭘 해서 학비와 자취비를 벌 것인가? 1주일 동안 곰곰이 생각한 것이 고등학생들 영어 수학 그룹 지도였다. 그때부터 새벽을 깨우는 마음으로 아침 일찍 학생들을 모아 놓고 가르쳤다. 하루 한 번이 아니고 새벽반, 저녁반, 그리고 늦은 저녁반이었다. 그렇게 하니 등록금과 자취비가 해결되었다. 그렇게 눈물겹게 대학을 졸업했다. 그러나 한 번도 등록금을 기한 내에 내어 본 적이 없다.

지방의 고등학교에 발령받았다. 2학년을 담임하고 수업했다. 나는 먼저 담임하는 반 전체 학생들의 발을 씻겨 주었다. 다른 뜻은 없고, 앞으로 겸손하게 살고 너희들도 앞으로 아내와 부모님의 발을 씻겨 주어야 한다고 강조했다.

너무도 가난 속에서 살다 보니 돈이 좀 필요했다. 그 당시 주택공사에서 분양하는 서민 아파트 한 채가 500만 원 정도 했다. 나에게 그간 몇 년쯤 일해 벌어 놓은 500만 원이 있었다. 아내는 돈 걱정 없이 부유한 집에 살다가 가난한 집에 시집와 돈을 벌어야 했다. 아내는 속옷을 보따리에 싸서 이 집 저 집 다니며 판매했다. 동네에 제법 큰 목욕탕이 있었다. 아내는 목욕탕 여주인과 친해졌다. 여주인이 밖에 볼일이 있을 때는 계산대를 아내에게 맡기기도 했다.

어느 날 아내가 말했다.

"여보 우리가 다니는 ○○ 목욕탕 있잖아, 그것 판대. 사장님이 다른 곳에 더 큰 목욕탕을 지었대."

"얼마인데?"

"우리가 사면 1억에 줄 수 있대."

나에게 500만 원이 있으니 9,500만 원만 있으면 살 수 있다. 아내는 목욕탕을 사고 싶어 했다. 둘이서 밤이 늦도록 계산했다. 오빠에게 2,000만 원 빌리고, 언니에게도 2,000만 원 빌리고, 시누이에게 1,000만 원, 슈퍼, 이발소, 원룸 전세금 3,000만 원, 은행 융자 1,500만 원 계산상으로는 맞출 수가 있었다. 5%의 자금을 가지고 95%를 빌려서 사업을 한다. 잘못하면 형제간의 우애도 떨어지고 패가망신을 할 수 있다.

그런데 기도하는 마음과 아르바이트로 대학을 졸업한 그 용기를 믿고 목욕탕을 사기로 했다. 낮에는 학교에서 열심히 근무하고, 퇴근 후와 휴일에는 목욕탕을 돌본다.

내부수리를 하고 친절과 고개 숙임으로 목욕탕을 운영했다. 영업이 아주 잘되었다. 토요일과 일요일에는 나의 한 달 봉급이 하루에 들어오기도 했다. 몇 년 만에 형제들에게 빌렸던 돈을 다 갚았다. 그다음부터는 차곡차곡 금고에 돈을 쌓을 수가 있었다. 몇 년 동안 모은 돈을 다시 재투자하여 더 많은 돈을 모았다. 십여 년을 넘게 운영하니 모인 돈의 액수도 커졌다.

사실 나의 꿈은 거창고등학교 같은 사학을 운영하는 것이었다. 스승의 날이 가까워지던 어느 날 옛날 고등학교 1학년 때 담임 선생님을 찾아갔다. 선생님은 중소도시에서 교장 선생님을 하고 계셨다.

"아이고 김 선생. 반갑네! 자네는 사업을 하여 돈을 많이 모았다지? 돈이 좀 있으면 사학을 하나 맡아 학생들과 재미있게 지내는 것도 보람된 일일세. 군소재지의 중고등학교인데 학생 수 900여 명, 교직원 수 38명, 운동장도 12,000평이야. 자네가 교장 자격 받을 때까지는 내가 관리해 주겠네. 가격은 ○○억이야."

1주일만 생각할 시간을 달라고 했다. 1주일을 고민하고 그 후에 학교를 맡기로 했다. 돈을 주고 이사들을 바꾸고 마지막에는 아내를 이사장으로 선임했다. 한 6년간 운영하다 포기하고 말았다. 전교조 등 어려움이 많았다.

마지막 사업으로 지금은 요양원을 운영하고 있다.

치매 어르신 50여 명과 그들을 돌보는 직원 37명이 한 가족이다. 학교에 있을 때도 아침 일찍 출근하여 교실에 앉아 있듯이, 요양원에도 새벽 6시에 출근한다. 한번 돌아보고 어르신들 방에 가서 인사하고 직원들에게도 먼저 인사한다.

공단에서 3년마다 실시하는 정기 평가에서 우리 요양원이 최우

수 등급인 A등급을 받았다.

나는 참으로 보람을 느끼며 일한다. 물질적으로도 풍요해서 좋다. 봉급과 연금과 회사 이익금을 받으니 봉투가 두툼해서 좋을 뿐만 아니라, 어르신들을 돌볼 수 있는 것이 참으로 보람된 일이다.

인생의 숙제

사람이 살아가다 보면 항상 따라다니는 것이 숙제이다.

초등학생은 구구단 외우기가 숙제이고, 고등학생은 좋은 대학에 입학하는 것이 숙제이다. 교직 생활을 정년퇴직하고, 회사 경영을 하여 사업주가 된 지금, 나에게도 숙제가 있다.

훗날 내 자녀들이 내가 누운 관을 앞에 놓고 "우리 아버지는 정직하고, 성실하게 그리고 베풀며 사셨다." 이런 소리를 듣는 것, 이것이 내 인생의 숙제이다.

자녀들을 잘 키우고, 교육하고, 결혼시키고, 취업시켜서 스스로 살게 해주는 것이 부모의 숙제이다. 이런 관점에서 보면 나는 이 숙제를 대략 완성했다.

나는 3살 때 소아마비를 앓아 인생을 무겁고 힘들게 살았다.

"야! 절뚝아? 내 대신 교실 청소 좀 해줘." "영어 숙제 좀 해줘."
1960년대 교실에는 약육강식弱肉强食의 법칙이 존재해 있었다.
담임 선생님께 알리면 그 학생은 야단을 맞겠지만, 그 학생과의
인간관계는 참으로 어렵게 형성되기 때문에 대부분 참고 대신해
주었다.

나는 배가 고파 꽁치 토막도 주워 먹고, 고수레떡도 주워 먹으
면서 어렵게 인생을 헤엄쳐 왔다. "너는 중학교만 졸업하고 기술
을 배워 취직하여 살아라."는 아버지의 말씀이 옳았다. 그렇지만
나는 학교에 다니고 싶었다. 논 서 마지기(약 600평)로 7남매 자
녀들을 키우고 겨우 입에 풀칠만 하는 가정에서 아버지의 말씀
이 이해된다.

대학이 가고 싶어 어렵게 사립대학에 합격했다. 나는 울면서
보름 동안 아버지를 졸랐다. "아버지! 8학기 등록금 중 한 번만
내주시면 제가 벌어서 가겠습니다." 아무런 대책도 없었지만 나
는 그렇게 주장했다. 아들을 못 이긴 아버지는 농사짓는 소를 팔
아 등록금을 대 주셨다. 한 달 동안 아버지 눈에서는 눈물이 떠
나지 않으셨다.

막상 등록금을 냈지만 앞으로 일곱 번이 문제였다. 잠이 오지
않았다. 1주일을 고민했다. 몸이라도 건강했으면 식당에 가서

접시를 닦거나 공사판에 가서 막노동이라도 하겠지만 방법이 떠오르지 않았다. 등록금이며 자취비 마련 때문에 며칠 동안 잠을 설쳤다.

1주일이 지났을 때 묘안이 떠올랐다. 고등학생들을 모아 영어 수학 그룹과외 지도를 하면 좋겠다는 생각이 들었다. 학생들을 모아 그들을 가르쳤다. 새벽을 깨우면서 밤늦도록 말이다. 무거운 짐을 지고 쩔뚝거리며, 가파른 비탈길을 힘들게 올라가는 그런 마음으로 4년간 대학을 다니고 결국 졸업했다. 그리하여 고등학교 국어 교사로 발령받았다.

기쁨으로 고등학교 2학년 담임을 맡았을 때, 반 전체 학생들을 한 사람 한 사람씩 불러 발을 씻겨 주었다. 겸손하게 봉사하며 살라는 뜻이었다. 학생들의 성적을 올리기 위해, 매일 예습을 해 오게 하고 그날 배울 것을 미리 3분 동안 쪽지 시험을 쳤다. 일주일에 한 편씩 단편 소설을 읽고 독후감을 써 오게도 했다. 덕분에 성적이 많이 올랐다.

가난에 시달려 살다 보니 좋은 일을 하자면 돈이 필요했다. 아내를 시켜서 사업을 시작했다. 빌리고 빌려서 대중목욕탕을 인수했다. 영업이 너무 잘되었다. 어떨 때는 하루 수입이 한 달분 교사 봉급이 되었다. 10년을 운영하여 많은 돈을 모아 군 소재지의 중·고등학교를 인수했다. 아내를 이사장으로 앉히고, 고등학교 때 담임 선생님을 교장 선생님으로 모셨다. 취임식 날 900여 명의 학생들과 35명의 교직원 앞에서 아내를 대신해 축사할 때 눈물을 흘렸다. 가난해서 힘들게 공부하고 고수레떡 주워 먹고, 힘들었을 때 일이 생각 나 눈물이 그치지 않았다.

오늘도 나는 내 인생의 숙제를 하느라 분주하다. 기저귀를 찬 쉰 분의 치매 어르신 앞에서 넋을 잃은 사람처럼 웃어주고, 서른 일곱 명 직원의 어깨를 두드려 주며 보람을 찾으려고 노력하고 있다. 죽는 그날까지 말이다.

어머니의 나무 주걱

우리 문학사文學史에서는 1960년대 급속하게 진행된 산업화로 인한 농촌의 해체, 도시로의 인구 집중 등 가난과 눈물의 현실, 농어촌의 궁핍화를 많이 다루고 있다.

7남매의 장남으로 태어난 나는 할아버지, 할머니, 11명의 대식구가 사는 가정 속에서 살아왔다.

부모님은 평생 흙을 소재로 작품 활동을 하시는 분이었다. 말이 작품 활동이지 사실은 가진 농토가 얼마 되지 않고 다른 사람의 농토를 빌려서 농사를 짓는 가난한 소작농이었다. 지금은 농사를 짓는 사람들도 과수며, 비닐하우스, 기술 향상 등으로 윤택한 삶을 사는 편이다. 그런데 1960년대에는 기술력도 부족했고, 거듭된 흉년으로 수확량이 얼마 되지 않아 농사를 짓는 사람들은 끼니

조차 걱정하는 시대였다.

혹시 쌀이 부족하여 부잣집에 쌀을 빌리게 되면 가을에 가서는 두 배를 갚아야 하는 시대였다. 아무리 혹독한 시대라고 하지만, 이자율이 100%인 셈이다.

거듭된 흉년으로 찢어지게 가난하여 끼니마저도 걱정해야 하는 우리 집에서는, 고기 맛을 볼 기회가 좀처럼 없었다. 읍내와는 멀리 떨어진 농촌에 살고 너무나 가난하다 보니 고기며 생선 맛을 보기가 너무 힘들었다. 그래도 설날과 추석날은 고기 맛을 볼 수가 있었다. 이때는 닭을 한 마리 잡아 가마솥에 넣고 채소와 물을 한 솥 붓고 끓여 한 3일 동안은 맛있게 먹을 수가 있었다.

시골 초등학교에는 식당이 없어서 선생님들은 교문 입구의 문방구에서 점심을 시켜 드셨다. 점심을 지어 국과 밥, 생선, 그리고 몇 가지 반찬을 준비하여 신문지를 덮어 배달하였다.

어느 날 점심시간이 지나 복도를 지나가는데, 교무실 옆 빈 교실 창문에 선생님께서 시켜 드신 밥상이 신문지에 덮여 있었다. 꽁치 반 토막이 남아 있었다. 나는 그 꽁치가 무척 먹고 싶었다. 그런데 학생 여러 명이 주위에 있으니 얼른 주워 먹기가 부끄러웠다. 나는 그 옆에서 기다렸다가 5교시 시작종이 울려 학생들이 다 들어간 다음, 재빠르게 그 꽁치 반 토막을 뼈째로 입에 넣고 꼭꼭 씹었다.

'마파람에 게눈 감추듯이'란 말은 이럴 때 두고 하는 말 같다. 꿀맛이었다.

가난이 죄는 아니지만, 가난 때문에 겪는 고통은 상당히 크다. 집에 쌀이 떨어졌다. 아침에 밀기울(밀을 빻고 남은 껍질, 동물 사료로 씀)죽을 끓여 어머니께서 나무 주걱으로 휘휘 저어 한 그릇 주셨다. 맛있게 먹고 학교에 갔다.

돈이라도 한 푼 있으면 빵이라도 사 먹겠지만, 그럴 수도 없어서 플라스틱 물컵을 가지고 운동장 수돗가로 갔다. 거기서 물이라도 실컷 먹고 배를 채웠다. 5교시가 지나고 화장실에 갔다 온 후로 흑판에 기록해 놓은 글씨가 김이 모락모락 나는 도시락같이 눈앞에 아롱거렸다.

한창 먹을 나이 중학교 2학년, 가방을 들고 힘없이 집으로 오는 길이었다. 너무 배가 고파 하늘도 노랗고 뱃속에서 쪼록쪼록 소리가 났다. 그러다가 눈이 번쩍 뜨였다. 어느 집 대문 옆 잔디 위에 시루떡 한 조각이 떨어져 있었다. 숟가락 크기만 한 떡이었다. 난 얼른 주워 시루떡 조각에 묻은 콩가루를 털어 버리고 한입에 넣고 우물우물 씹었다. 참으로 맛있는 떡이었다.

처음엔 배고픈 이에게 먹으라고 대문 앞에 갖다 놓은 떡이라고 생각했다. 그런데 다 먹고 나서 주위를 살펴보니 옆에 콩나물, 대추, 밤 등이 버려져 있었다. 부잣집에서 제사를 지내고 난 뒤 귀신에게 바친 고수레떡이었다.

장모님의 추임새

인간에게는 누구나 행복추구권幸福追求權이 있다. 이는 대한민국 헌법이 보장하는 기본권 중 하나로 안락하고 만족스러운 삶을 추구할 수 있는 권리, 고통이 없는 상태나 만족감을 느낄 수 있는 상태를 실현하는 권리로 정의된다.

나는 남들보다 못 가진 것도 있지만, 남들보다 더 가진 것도 많다. 내가 생각하는 어리석은 사람은 한쪽 팔을 가진 사람과 팔씨름하는 사람이다. 팔이 한쪽뿐인 사람은 한쪽에 두 쪽 팔의 힘을 모두 소유하고 있기 때문이다. 나는 3살 때 소아마비를 앓아 한쪽 다리를 절룩거리는 대신에, 남다른 열정을 가지고 있었다. 어떤 사람들은 나를 아주 쉽게 보기도 하지만, 나의 열정을 이기기는 힘들 것이다.

처음 교직 생활을 할 때다. 고등학교 2학년 담임을 맡은 첫 시간에, 나는 이런 이야기를 했다. 학생들에게 원칙과 정의를 가르치기 위해서였다.

"얘들아, 너희들에게 내가 부족하고 초라한 사람으로 보이겠지만, 나는 초등학교 1학년 때부터 고등학교 3학년 때까지 단 한 번의 결석이나 지각을 한 적이 없다. 그리고 가정 형편이 어려워 학생들을 가르치는 그룹 지도를 통해 힘들게 대학을 졸업했다. 또 자동차를 운전하며 이때까지 단 한 장의 교통 법규 위반 딱지를 끊긴적이 없다. 그런 열정과 원칙을 지키고 사는 사람이니, 여러분도 원칙과 규율을 잘 지켜주길 바란다."

그 이튿날 조회 시간에 두 학생이 손을 들고 발언했다. 아버지가 파출소장인 학생이었다.

"집에 가서 선생님 이야기를 부모님께 말씀드렸더니 아버지께서 그 선생님 아주 철저하시고 무서운 분이시니 매사에 조심하지 않으면 큰일 날 수 있다고 하셨습니다."

그렇다. 학생들에게 삶을 살아가는 원칙과 질서 지키기를 가르쳐야 한다.

결혼 적령기가 되었다. 학교도 졸업하고 직장도 가졌으니, 인생의 힘한 강물을 함께 건너갈 동반자가 필요했다. 결혼하려면 많은 사람을 만나보고 사귀어 봐야 하는데, 나는 그 방법을 택하지 아니하고 교회에 가서 봉사하고 기도하는 방법을 택했다. 남들이 보면 아주 어리석은 행동이라고 비난할지 모르지만, 내 방법은 옳았다.

교회에 가서 나에게 알맞은 배우자를 허락해 달라고 간절히 기도했다. 어떨 때는 밤늦도록 울면서 기도한 적도 있다. 간절한 기도는 반드시 응답이 이루어진다. 그것이 나의 신앙이다.

그 당시 자취하면서 주일날은 점심을 먹을 수가 없었다. 요사이는 교회마다 점심을 제공하지만, 그때는 그런 시대가 아니었다. 주일날은 금식이 아닌 굶식이었다.

허기진 얼굴로 학생들 앞에 서서 수업을 진행하고 있는데 60여명의 학생 뒤에 50대 중년 부인이 한 사람 앉아 있었다. 나는 학생들의 할머니라고 생각했다. 그다음 주에도 그 부인은 뒷자리에 앉아 있었다. 학생 교육이 끝나고 그 중년 부인이 "총각 선생, 잠시 이야기 좀 하자."고 하여 이야기를 나누었는데, 그분은 대학 시절에 같이 서클 활동한 간호 대학생의 어머니였다. 아들딸 7남매를 회사 사장으로, 대학교수로 잘 키운 기도의 어머니였다. 나는 이분이 나의 장모님이 될 줄은 꿈에도 생각 못 했다. 고 정금화 권사님이다. 그분은 나의 신앙의 동지였고, 나와 많은 대화를 하던 분이셨다. 부부간에 다툼이 있을 때도, 김 서방 말이 맞고 김 서방이 옳았다고 추임새를 넣어주시곤 한다. 살아오면서 장모님의 추임새는 내게 많은 힘이 되었다.

나는 생각한다. 자신이 애지중지 키운 소중한 딸을 몸이 불편한 가난한 청년에게 시집보낸 것은 그분의 선견지명이 아닐까. 내가 정년퇴직이 10년 지난 후에도 37명의 직원을 거느리고 50여 명의 치매 어르신들을 죽을 때까지 모실 수 있는 능력을 가진 것을 미리 아셨는지도….

파크골프에 푹 빠지다

파크골프는 세대 간 계층 간을 아우르는 커뮤니케이션 스포츠로, 현재 대한체육회에 정식 가입된 60개 종목의 하나로서 매년 동호인 수가 30% 이상 늘어나는 유일한 종목이다. 접근성, 경제성, 안전성, 라운딩 하는 재미 등이 그 어느 운동보다 뛰어나다.

파크골프는 골프의 경기 규칙과 용어가 동일하여 골프에 경험이 있으면 바로 라운딩 할 수 있으며, 초보자들도 약 2주 정도의 이론과 실기교육으로 쉽게 입문할 수 있다.

실제로 2013년에 국내에 도입된 후 전국 200여 개 이상의 구장에서 수많은 동호인이 즐기고 있다.

파크골프는 2016년 대한체육회와 국민생활체육회 간의 합병 과정에서 대한체육회 정식종목으로 가입하게 되어 그 위상이 한 단계 격상되었다.

특히 대구 파크골프는 양적인 면에서 20개 이상의 파크골프장을 보유하여 전국에서 가장 많으며 동호인 또한 전국 동호인 1/5 이상으로 대구가 가장 많다고 한다. 또 전국대회를 석권하다시피 하여 대구가 전국 최강임을 여러 번 입증한 바 있다.

파크골프는 3세대가 즐길 수 있는 가족과 함께하는 가족 스포츠, 무리하지 않는 안전한 실버Silver 스포츠, 버려진 땅을 활용하는 친환경적 레저Leisure 스포츠로 관광자원은 물론 체력 증강과 더불어 교육적인 효과도 얻을 수 있다.

아는 분의 소개로 파크골프를 배우게 되었다. 우리 기수는 40명이 등록하여 이론과 실기를 깐깐하게 교육받았다.

코로나의 방해로 몇 주 쉰 적도 있었다. 실기를 하니 쉽사리 되지 않았다. 반복이 필요한 운동이다. 2개월 정도 이론과 실기를 하며 수료했다. 어색하지만 필드에 나가 공을 칠 수 있었다.

우리 반을 이끌어갈 회장 선거를 하였다. 내가 회장에 당선되었다. 전체 회의에서 결정된 사항이니 거절할 수도 없었다. 우리 골프클럽 명칭도 투표했다. 20개 이름이 추천되었는데 '온누리 파크골프 클럽'이 선정되었다. '온'이라는 말은 백이라는 말이고 '누리'라는 말은 세상이라는 옛말이다. '이 세상의 으뜸'이라는 말이다.

부회장을 비롯한 임원들은 회장이 추천하기로 했다. 그래서 내가 잘 아는 분들을 추천하여 승인을 받았다. 그런데 시간이 지나고 지금 생각하니 '믿는 도끼에 발등 찍힌다'고, 아주 믿고 임명한 잘 아는 분이 사사건건 까칠하게 따져 나를 힘들게 했다.

회원들 대부분이 60대 이상이다. 네 사람이 한 조를 이루어 경기장을 돈다. 잔디 위를 밟으며 힘껏 공을 친다. 새벽 5시인데도 몇백 명이 나와서 공을 친다.

한 달에 한 번씩 전체 회원들이 모여 경기를 하고 월례회를 하며 시상도 하고 함께 점심을 먹는다. 모두 만족하며 즐긴다.

회장은 가끔 돈을 써야 한다. 찬조금도 많이 내야 하고 음식도 대접할 수 있어야 한다. 그래서 한번은 포항의 아는 선주에게 부탁하여 자연산 회를 퀵서비스로 받아 무침회를 대접하니 모두 감탄했다.

경기장에 이용자들이 너무 많아 홀숫날과 짝숫날로 가르고, 또 오전과 오후, 새벽 시간으로 분산하여 이용한다.

나는 새벽 5시인데도 경기장에 나와서 줄을 서 있다. 오늘도 힘차게 공을 치기 위해서다.

한상국韓相國의 농사

조선시대 유몽인이 쓴 『어우야담於于野談』에 보면 '한상국의 농사'라는 제목의 글이 있다. 조선 선조 때 재상을 지낸 한상국이 왜구가 자주 침입하여 괴롭히자, 재상을 그만두고 자기 집에 있었던 시비들을 데리고 시골로 농사를 지으러 갔다. 시비들은 열심히 일했다. 논을 두 번 매고 거름을 뿌려 다른 논보다 벼가 훨씬 더 많이 자랐다. 그래서 한상국은 들에 농부들이 모여 있는 곳에 가서 자랑삼아 "우리는 논을 두 번 매 농사를 지으니 당신들보다 훨씬 더 벼가 잘 자랐소." 하였다. 늙은 농부들이 이상하게 생각하여 한상국의 논으로 달려가 살펴보니 논에 벼는 한 포기도 없고 잡풀 즉 피뿐이었다.

"집안에서 일하던 시비들은 서울에서 나고 자라서 전원을 구경

한 적도 없고, 하는 일이 오로지 비단옷을 입고 거문고와 비파 소리에 맞춰 노래하고 춤추는 것이 전부이다 보니 농사에 대해서 아는 것이 없더라. 이런 사람을 당장에 논밭에 몰아넣으니, 김을 맨다면서 벼를 모조리 뽑아 버리고 북돋아 심는 것은 잡초뿐인데도 온 집안사람 중에 아무도 알지를 못하더라. 이 일로 인해 시골 사람들이 농사일을 엉터리로 하는 것을 보면 꼭 '한상국의 농사'라고 하니 말세에 사람 쓰는 것이 다 이런 부류더라."라고 말한다.

대학 때 국문학을 전공했고 36년간 고등학교 국어 과목을 가르치다 보니 수필을 접할 기회가 많았다. 국어 교과서에는 항상 수필이 몇 편씩 나온다. 그러다 보니 수필 이론을 열심히 공부했다. 비록 수필을 많이 써 보지는 않았지만, 수필의 이론에 대해서는 수십년을 공부했다. 다른 사람을 가르치기 위해서는 가르치는 자는 그이론에 대해 확실히 알고 가르쳐야 한다. 확실한 이론도 체득하지못하고, 대강 알고 다른 사람을 가르친다면 웃음거리만 만들 수있다.

우리는 다른 사람이 쓴 수필을 평가할 때가 있다. 그런데 남의 글을 이렇게 고쳐라 저렇게 고쳐라 하는 것은 잘못된 일이다. 그렇게 말할 수 있는 사람은 수필의 이론과 실기가 정립된 자뿐이다.

수필은 개성의 문학이다. 사람마다 자기의 개성이 있다. 자기가 좋아하는 색깔의 옷과 모양을 선택할 수가 있다. 그 사람에게 그 색깔과 그 옷은 당신에게 맞지 않는다, 라고 말하는 것은 잘못된 일이다. 단지 맞춤법이나 수사법이 잘못되었다면 지적해 주는 것은 옳겠지만 그때도 조심스럽게 지적해야 한다. 지적하는 자가 마치 전지전능한 신처럼 이렇게 해라, 저렇게 해라 하는 것은 잘못된 일이고 글을 쓰는 자의 사기를 꺾는 것이다.

우리는 매사 모든 일에 신중하듯이 남의 글을 평가할 때도 신중하게 접근하는 것이 옳다.

우리 고사성어에는 '경당문노耕當問奴', '직당문비織當問婢'라는 말이 있다. 즉 농사짓는 일은 머슴에게 물어야 하고, 베를 짜는 일은 계집종에게 물어야 한다는 뜻이다. 나는 이 말이 머릿속에 떠오른다.

등단작품 심사평

─「세쌍둥이」외 1편

월간 《시사문단》 2021년 10월호 수필 부문 신인상에 김경환의 응모작 중 「세쌍둥이」 「긁지 않는 복권」 두 작품을 당선작으로 선정한다.

김경환 응모자의 작품들은 수필이 갖추어야 할 문맥의 흐름과 소재의 다양성이 뛰어나다. 생활 속에서 실감 나는 소재를 찾을 수 있는 예리한 눈을 가져야 수필의 향기를 독자들에게 전달할 수 있는데 응모자의 작품은 우수한 수필의 조건을 모두 갖추고 있다는 것이 심사위원들의 일치된 의견이다.

평범한 생활 속에 묻혀 있으면서 아무도 발견하지 못한 것을 발견하면 모두에게 공감을 줄 수 있는 참신한 주제가 향기로운 수필로 탄생할 수가 있다.

첫 번째 당선작 「세쌍둥이」 작품을 살펴보면 저출산 시대에 사는 현대사회의 저출산 문제를 조명하면서 화자의 일상생활과 대조하여 서술해 나가고 있다. 화자는 놀이터에서 놀고 있는 세쌍둥이를 보면서 아이에 대한 사랑과 출산의 고통을 이겨내고 세 명을 키워내는 엄마의 모습을 보면서 매우 대견스럽게 생각한다. 그리고 화자의 손자 두 명이 와서 뛰어 놀기에는 너무나 집이 좁다고 넓은 집으로 이사를 하는가 하면, 며느리에게 자녀 교육비로 한 명당 1억 원을 줄 수 있다고 제의하기도 했다. 그만큼 저출산 시대를 염려하는 시아버지의 걱정과 며느리에 대한 지극한 사랑을 간접적으로 보여주는 상황이기도 하다.

수필의 전개는 시작이 중요한데 서두에서 「세쌍둥이」를 마주친 화자의 이야기부터 매우 흥미를 끌고 있으며, 며느리와 손자에 대한 헌신적인 사랑으로 치밀하게 전개해 나가고 있다.

두 번째 당선작 「긁지 않은 복권」은 결혼 전과 후에 대한 아내에 관한 생각의 차이를 간결하고 섬세하게 묘사하고 있는 작품이다. 이야기의 흐름에서 통일성과 일관성을 가지고 있으며, 결혼 후 40년이란 세월 속에서 서로를 이해하고 보듬으며 살아가는 부부의 모습이 잘 나타나 있다. 또한 결혼 40주년 기념으로 아내와 함께 간 유럽 알프스 3대 미봉 트레킹 과정도 짜임새 있고 감칠맛 있게 어휘를 섬세하게 다듬어서 서술한 대목도 돋보

인다. 마지막에 '전번에 산 복권은 언제 긁을 수 있을까?'란 물음으로 작품의 선명성을 문장으로 이미지화하고 있다.

수필이란, 글을 통해서 어휘와 언어가 향기가 나게 만드는, 평범한 일상을 소재로 쓰는 문학이다.
김경환 응모자의 작품은 생활 속에서 향기가 진한 참신한 글로 독자들에게 많은 사랑을 받을 수 있으리라 생각된다.

심사위원: 박효석 조상연 손근호 김환철